涙の婚約指輪

サラ・クレイヴン
高木晶子 訳

ハーレクイン
SP文庫

HIS CONVENIENT MARRIAGE

by Sara Craven

Published by Harlequin Japan,

a Division of K.K. HarperCollins Japan, 2022

サラ・クレイヴン

イングランド南西部サウス・デボン生まれ。学校を卒業後、ジャーナリストとして働いたのち、1975年に『バラに想いを』で作家デビューした。40年以上にわたって活躍し、93作品を上梓。ロマンス作家協会の会長も務めた。陰影のある独特の作風で読者の心を揺さぶり続けたが、2017年11月、多くの人に惜しまれつつこの世を去った。遺作は『恋も愛も知らないまま』(R-3364)。

◆主要登場人物

フランチェスカ・ロイド……家政婦兼秘書。愛称チェシー。
ジェニー……チェシーの妹。
アラステア・マーカム……チェシーの初恋の相手。名門の御曹司。
サー・ロバート・マーカム……アラステアの父親。
リネット・マーカム……サー・ロバートの後妻。
マイルズ・ハンター……小説家。
ステフィー・バーンズ……マイルズの姉。
サンディ・ウエルズ……マイルズの元恋人。

1

「チェシー、チェスったら、ねえ、郵便局で何を聞いたと思う？」

フランチェスカ・ロイドは仕事場に飛び込んできた妹に小さく顔をしかめたが、視線はコンピュータのスクリーンに向けたままだった。

「ジェン、何度言ったらわかるの？　仕事中にここに来てはだめ」

「ふん、だ」ジェニーはきちんと並べられた紙の山を押しのけてデスクの端に腰かける。

「どうしても話したかったんだもの。それに鬼はまだロンドンから戻らないでしょ。車がないのを確かめたわ」

チェシーは唇を固く引き結んだ。「そんな言い方はよしなさいと言ったでしょう。失礼だわ」

「失礼なのはあっちよ」ジェニーはふくれっ面になった。「姉さん、この仕事とおさらばできるかもしれないわよ」ジェニーは興奮して大きく息を継ぐ。「ミセス・カミングスが郵便局で、ウェンモア・コートを開けるように言われたって話していたの。アラステアが帰ってくるってことだわ」

チェシーの指がキーボードの上で一瞬止まった。心がずきんとうずいたが、チェシーは動揺を声に出さないように努めた。「村にとってはいいニュースね。あの家が空き家になってからずいぶんたつもの。でも私たちには関係ないわ」

「チェス、ばかを言わないで」ジェニーはいらだったようにため息をもらす。「関係は大ありじゃない。アラステアとは、婚約してたも同然なんだから」

「いいえ」初めてチェシーは妹に顔を向けた。「違うわ。そんなことを言うのはよしてちょうだい」

「あのひどい父親が彼をアメリカのビジネススクールに行かせたりしなかったら、そうなってたわ。二人がお互いに夢中だったのは誰だって知ってる」

「あのころは二人とも若かったわ」チェシーは再び入力を続けた。「あれからずいぶんいろんなことがあったわ。すっかり状況が変わったのよ」

「あら、そのことでアラステアの気持ちが変わるとでも思うの」ジェニーは軽蔑《けいべつ》したように言う。

「ええ、変わってもおかしくないわ」毎週の手紙が月に一度になり、一年後にはとだえたことを思い出すと、いまだにつらい。それ以来、彼から受け取ったのは、父が死んだ時のお悔やみのカードだけだ。ネヴィル・ロイドが死んだことが伝わったのなら、その死を取り巻く状況がどんなものか、アラステアが知らないはずはないのに。

「ほんとに姉さんったら、つまんない」ジェニーがとがめるように言った。「喜ぶだろうと思って、走って知らせに来てあげたのに」

「ジェン、勝手な推測はよして」チェシーは声を荒らげないように努めながら言った。「三年もたったのよ。いろんなことが変わったわ。彼と私も、昔には戻れないんだから」

彼と私……その言葉にうっとりした時期もあった。その言葉に意味が、未来がこめられていたあのころ。

チェシーは肩をいからせた。「さ、仕事、仕事。ミスター・ハンターに見つからないうちに帰って」

「わかったわよ」ジェニーは反抗的な態度でデスクから滑り下りた。「でも、アラステアが姉さんにプロポーズしてくれたらなあ。こんなひどい仕事、やめてやるってあの鬼野郎に言えるのに」

チェシーはため息を押し殺した。「そんなことないわ。いい仕事だし、給料だって悪くない。おかげで私たち、食べていかれるし、自分たちの育ったこの家に住んでいられるのだもの」

「使用人としてね」ジェニーは敵意をむき出しにして言う。「ありがたいこと！」ばたんと大きな音でドアが閉められた。

チェシーは困惑顔でじっと座っていた。いつまでたっても妹が環境の変化を受け入れられないのは困ったことだ。

ここ、シルバーツリー館がもはや姉妹の家ではなくなったこと、かつて使用人にあてがわれていた棟に住まなければならない境遇に落ちたことが、妹にはいまだに納得できないらしい。

仕方ないわ、今の私はこの家のハウスキーパーなんだから。

〝使用人は大勢いらない〟最初の面接で、緊張しているチェシーにマイルズ・ハンターは言った。〝効率よく家を切り盛りして秘書の仕事もしてほしい〟

〝と言いますと、具体的には何を？〟チェシーは無表情に未来の雇い主に問い返した。彼がどんな人間なのか見極めようとしてみたが、簡単ではなかった。さりげないエレガントな服装は、頬から口元にかけて傷のある怖い顔には不釣り合いだし、クールなゆったりした口調も、何を考えているのか測りがたかった。

〝僕はタイプライターで原稿を書くが、最近はコンピュータ入力の原稿が求められる。入力はできるね、ミス・ロイド？〟

彼女は黙ってうなずいた。

〝家事を手伝ってくれる人間が必要なら好きなように雇ってくれていい。だが執筆中は静かにしてほしい。それと僕のプライバシーを尊重してほしい〟彼は言葉を切り、続けた。

〝簡単ではないかもしれない。ここはこれまで君の家だったのだから。だが今までとは違うのを忘れないように〟

〝しょ、承知しています〟

再び短い沈黙があった。〝もちろん、断ってくれても構わない。ただ君の弁護士は、君がここで仕事をしてくれたら双方に都合がいいと考えている〟日焼けした顔の中で瞳の青が印象的だった。〝どうかな、プライドを捨てて、受けてもらえる？〟

かすかな嘲《あざけ》りに気づかないふりをしてチェシーは答えた。〝プライドにこだわる余裕はありません。妹を養わなければいけませんし。仕事と住む場所を与えていただいて感謝しています。プライバシーを侵害しないように気をつけますわ〟

〝気をつけるだけでなく、そうしてほしい〟面接が終わったことを示唆するように彼はファイルを取り出してデスクに置いた。〝弁護士に言って賃貸契約書と雇用契約を作成させるよ〟

〝そんな大げさなものがいるんでしょうか？　お互いの……合意ということではいけませんか？〟

彼の口元がゆがんだように見えたのは、頬に長く走る傷跡のせいだろうか。

〝僕は信頼に足る紳士ではないかもしれないよ。中身も、ご覧のとおり見かけもだ。最初からビジネスライクに事を運んだほうがいい。違うかな？〟

そしてチェシーは、彼のもとで働き、かつての使用人用の棟に、妹とともにわずかな家賃で住まわせてもらえることになったのだった。

父の死で悲しみと絶望の底にあった当時のチェシーにとって、彼の申し出は命綱に思えた。断ることなど考えられなかったが、今では、いっそジェニーを連れて昔の思い出や知り合いと縁が切れる遠いところに行けばよかったのではないかと思うこともある。

だがそれにはジェニーを転校させる必要があった。大事な試験の直前にこれ以上妹の人生を乱したくはなかった。最初は賢明な選択をしたように思えた。ジェニーは成績もよく、このままいけば大学に難なく進めそうだ。奨学金も受けられた。だが必要な出費はたくさんある。この様子ではマイルズ・ハンターのスリラー小説をコンピュータに入力し、彼の要求する厳しい時間割りを厳守して館《やかた》を管理する仕事を、数年間はやめられそうもない。

簡単な仕事ではなかった。そして最初の面接の時にチェシーが予想したとおり、彼は気難しい雇い主だった。要求水準は高いし、期待にそえないと皮肉を言い、不快そうな顔を隠さない。おかげで掃除婦が今まで何度変わったことだろう。

チェシーは仕事以外の時間は自分の住まいから出なかったが、ジェニーはそのことに無頓着《むとんちゃく》だった。

妹は、館の新しい所有者が勝手に入り込んできた厄介者であるかのように振る舞い、それは当然ながら対立を生んだ。そんないきさつがあって、ジェニーはマイルズを鬼と呼ぶようになったのだった。

チェシーは不安になって机を離れ、窓辺に立った。

ジェニーは時々手に負えないほど反抗的になる。父の受けた恥辱とそれに続く死が原因なのはわかっているけれど、そんな態度がいつまでも許されていいものではない。でも彼女は何不自由ない生活が崩壊したことに、今も深い恨みを抱えているのだわ。いくら望んでもあのころには戻れないのに……。

私は受け入れたわ。どうしてジェニーはそれができないのだろう。アラステアが帰ってくるかもしれないと聞いて、今の状況が奇跡的に変わるのを期待するなんて。

チェシーはため息をついた。若いということは楽観的だということでもあるんだわ。私もそうだった。アラステアに恋をしていたあのころは、世界も未来も二人のためにあると信じていた。

おとぎばなしのような初恋だった。散歩やドライブを楽しみ、泳いだりテニスをしたり、彼がクリケットをするのを観戦したりした夏の日々。キスに、甘いささやき。そして約束。思えばかわいらしく、そしてばかばかしいほど無邪気だった。

もちろんアラステアは私を求めた。今考えても、なぜ応じなかったのかわからない。少女から女に脱皮するのが怖かったのかもしれない。ありふれた言い方をすれば、体だけが目的なのではないか、許したら捨てられるのではないかと怖かった。

〝男はね、女をベッドに連れ込むためにはなんでも言うわ〟甘ったるいシロップのような、リネットのハスキーな声がよみがえる。〝簡単に許してはだめよ〟

当時は嫌悪を覚えたが、その言葉を含めて、彼女が口にした辛辣《しんらつ》な言葉の数々は、今もチェシーの記憶に鮮やかに残っている。

館がまた開けられるのなら、リネットも戻るのだろう。いいことには必ずいやな面があるものだ。

実際、チェシーとアラステアを図らずも結びつけたのは、そのいやなリネットの存在だった。

サー・ロバート・マーカムはチェシーの父と同じく数年前からやもめだった。再婚相手の本命はケンネルを経営するゲール・トレヴィスだというのが村の評判だったが、チャリティ舞踏会で彼が二流の女優兼モデル、リネット・アーサーに出会ったために、気の毒なミセス・トレヴィスは過去の人になってしまった。たてがみを思わせる金髪と完璧《かんぺき》な美しい歯、信じられないほど長い脚と官能的な肉体を持つリネットは、くじ引き係として招かれていたのだった。

恥ずかしいほど短い交際期間ののち、サー・ロバートはリネットと結婚し、館に迎え入れた。

電撃結婚の衝撃がまだ消えないうちに彼は花嫁のお披露目のガーデンパーティを開いた

が、そこに、ショックのあまり銅像のように立ち尽くしていたのがアラステアだった。

午後になって会場から姿を消した彼が、川辺の木の下で水に石を投げ込んでいるのをチェシーは見つけた。一人でいたいのだろうと立ち去ろうとしたが、怒りと苦悩で蒼白《そうはく》な彼の顔を見ていられなかった。

百八十センチを超える長身、三つ年上の栗色《くりいろ》の髪をしたハンサムな彼は、チェシーの憧《あこが》れの人だった。チェシーは勇気を奮って話しかけた。〝アラステア、私……なんて言ってあげたらいいか……〟

チェシーを見る彼の茶色の瞳は苦しげだった。

〝なぜあんな……奴《やつ》を母の代わりに……? チェシー、娼婦《しょうふ》のほうがまだましなほどひどい女なのに〟

自分でもあきれたことに、チェシーは思わず笑いをかみ殺し、それを見てアラステアもいつの間にか苦笑いをしていた。それ以来二人はリネットを〝意地悪な継母《ままはは》〟と呼び、化粧時間が長いこと、突拍子もない館の改造計画を持ち出してサー・ロバートに拒否されること、館の女主人としての地位を確立するためにさまざまな無駄な努力をしていることなどをけなして、楽しい時間を共有するようになった。彼女を待ち受けるグリム童話も顔負けの、残酷でグロテスクな運命を想像して熱心に話し合うこともあった。

〝大学に入ったら家を出られるのがせめてもの幸いさ〟アラステアは軽蔑と諦《あきら》めをこめ

て宣言した。

〝できれば休み中も家には戻りたくない〟

そうして彼はいなくなった。卒業したら父の会社でキャリアを積もうと決めたチェシーのほうも、勉強に忙しく、彼とは疎遠になった。

再会は三年後だった。一カ月フランスでオペアとして過ごしたチェシーは、毎年ウェンモア・コートの庭で開催されるバザーの手伝いを頼まれた。

ひどく暑い午後だった。なんとかさぼって川に泳ぎに行こうと思いながら出店の番をしていたチェシーの横に、アラステアが立った。

〝チェシー〟笑っていたが、その声にはどこか違う響きも含まれていた。〝見違えたよ〟

二人は周りを忘れ、ほかのすべてを忘れて、ほほえみながら相手を見つめ合った。アラステアは静かに〝また電話するよ〟と言い、チェシーは喜びをあからさまにするまいとしてぎこちなくうなずいた。

それからの数週間、二人は片時も離れず、飽きることなく話をした。高校を出たばかりのチェシーは秋からロンドンのシティにある父の会社でパーソナルアシスタントという名目で働くことになっていた。

暑い日が続き、チェシーは、リネットの要望でコートに作られたプールで連日時を過ごした。

それまでチェシーに目も留めなかったマーカム夫人も、さすがに彼女を無視できなくなった。

〝あら〟デザイナーもののサングラスをかけ、すばらしい肉体もあらわなビキニで椅子に寝そべっていた彼女が、ある日チェシーに声をかけた。〝アラステアの休暇中の恋のお相手というのはあなたね〟

チェシーは唇をかみ、挨拶《あいさつ》をして、物憂げに出された右手を取った。

〝私のこと、リネットと呼んで〟赤い唇が、形だけ笑った。〝年だってあまり変わらないんですもの〟

リネットを避けようとしても無駄だった。しかも彼女はチェシーが未経験であることを見抜き、そのことについて毒のあるアドバイスを次々に口にしてチェシーを困惑させた。だが、何を言われてもチェシーの幸福が壊されることはなかったし、口には出さないまま未来に対して抱く希望も、損ねられなかった。

そんなチェシーの幸せは、思いがけない横やりで壊されることになった。サー・ロバートが、息子をアメリカのビジネススクールに行かせると突然宣言したのだ。最初は反抗したアラステアも、父の強硬な意志に逆らえず、腹を立てながらも結局従うしかなかった。

〝説得してみたら?〟チェシーは懇願した。

〝無駄だよ。父は一度決めたら頑固なんだ〟

サー・ロバートを優しい心の広い人だと信じていたチェシーには意外な言葉だった。人の気持ちを無視した横暴な振る舞いはサー・ロバートらしくない。

〝でも、これで終わるわけじゃない。僕は戻ってくる、絶対に〟アラステアはきっぱり言った。

私はそんな彼の言葉を信じたのに……。

自分が、いつの日か彼が迎えに来ることを無意識のうちに期待して村にとどまっているのではないことを、チェシーは願った。理性で考えればそんなことが起こらないのはわかっているのだから。彼が本気だったら、アメリカに行く前にプロポーズするか、せめて、待っていてほしいと言ったはずだ。

村の人たちは二人の婚約発表を期待していたので、アラステアが行ってしまうとチェシーにはあからさまな同情の目が向けられたが、それはかえって失恋の苦しさと孤独を深めた。

サー・ロバートは二人の恋はつかの間の気の迷いにすぎないと冷たく明言し、それに応《こた》えるリネットの嘲るような微笑に、チェシーは吐き気を覚えた。初めて、自分がリネットにどれほど嫌われていたかを思い知らされたのだった。

もしかしたら、俊敏なビジネスマンでもあるサー・ロバートはチェシーの父が経済的困窮に陥りかけているのを察知して、降りかかるスキャンダルから家族を守ろうとしたのではないかとも思われた。

サー・ロバート自身は会社を大企業に売却し、さっさと引退宣言をして周囲を驚かせた。アラステアが去って数週間もたたないうちに彼は館を閉じ、スペインで暮らすために妻と村を去ってしまったのだ。

〝サングリアを飲んで遊び暮らす人種の仲間入りね〞郵便局を仕切るミセス・ホーキンズは言ったものだ。〝彼女にぴったりだこと〞

その二人が帰ってくるというけれど、アラステアも戻るとは限らなかった。ジェニーの楽観的な思い込みかもしれない、とチェシーは思う。

だがジェニーをこれ以上追及する気にはなれない。他人の会話を盗み聞きしたのはどうかと思うし、関心があると思われるのもいやだった。

一度やけどをすると用心深くなるものだわ。かつて軽率にアラステアを好きになった自分を、チェシーは戒めていた。

でも、もし今度チャンスがあるとしたら……。

〝チェシー……見違えたよ〞もう一度彼に会ったら、彼はまたそう言うだろうか。

私はもう子供ではない。夏の日光で髪がハイライトを入れたようにところどころ光り、蜂蜜《はちみつ》色に焼けた顔を幸福で輝かせた健康な少女だった私。ヘーゼルナッツ色の瞳は自信にあふれ、きらきらしていた。

今の私はモノクロの画像だわ――ありふれたスカートとブラウスを見下ろしてチェシーは思う。服だけではない。窓に映る顔も精彩がない。

父が詐欺罪で逮捕され、拘留中に心臓発作で亡くなったあのおぞましい何週間かは、チェシーから華やぎや晴れやかさといったものを奪ってしまった。

新聞沙汰《ざた》、警察の特捜班の捜査、ジェニーのヒステリーといったもろもろの出来事を、チェシーは自分を殺し、ひたすら小さくなることで切り抜けたが、その習慣が今ではすっかり身についてしまった。

村八分を覚悟したが、村の人たちは優しく、チェシーはその厚意に甘んじて、ひっそりと目立たずに暮らす新しい生活に自分を適応させた。

ミスター・ハンターの下で働きはじめたこともある意味で役に立った。仕事は大変で時間に縛られるため、思い悩む暇もない。この二、三カ月は満足とは言わないまでも、平穏な諦めの境地にさえ達していた。

それなのにジェニーのもたらしたニュースは、チェシーの心を再びかき乱したのだった。気を取り直して机に向かったチェシーの耳にエンジン音が聞こえた。首を伸ばすとマイルズ・ハンターの車が門から続く道を上がってきて、玄関前に止まるのが見えた。

すぐ彼が車を降りてきた。一瞬立ち止まって姿勢を整え、杖《つえ》を手にかしぎながら階段をのぼってくる。

チェシーは唇をかんでマイルズを見つめた。彼に比べたら私の悩みなんか大したことはない――彼の下で働きはじめてから顔に出すまいと努めてきた同情が心をかすめる。

初めて彼が椅子から危なっかしく立ち上がるのを見た時、チェシーは思わず手を貸そうとした。

青い瞳に冷たいガラスのような光をたたえ、顔をゆがめて、彼はチェシーに向き直った。

〝触るな〟

〝ごめんなさい〟彼の剣幕はチェシーをおびえさせるほど激しかった。〝手を貸そうと……〟

〝手伝ってほしければ言うよ。それに妙な同情はごめんだ。覚えておいてほしい〟

その場で退職願を出したくなったチェシーは、まったく違う人間とのやりとりを思い出した。

〝彼は何もかも手中にしていた〟父の弁護士だったミスター・ジェイミーソンがシルバーツリーの館の使用人になる話を持ってきた時に言っていたっけ。

〝ラグビーの花形選手で、スカッシュでも地区代表。仕事ではテレビと新聞の敏腕記者として前途洋々だった。だが不運なことに、戦地で取材中、乗っていた軍用車が地雷を踏んだんだ〟彼は首を振った。

〝二度と歩けないと言われたほどの怪我《けが》をし、大規模な皮膚移植も受けた彼は、入院中に

最初の小説『悪夢の日』を執筆した〃

〃それからは後ろも振り向かずに、今日の地位を築いたのね〃チェシーは皮肉をこめて言った。

弁護士は眼鏡越しにチェシーを見ると、厳かに、静かに言ったのだった。〃いや、大いに振り返っていると思うよ、違うかな?〃

再び仕事に戻った時、マイルズが入ってきた。

「君の妹を見かけたよ。僕の車にぶつかりそうな勢いで自転車を飛ばしてどこかに行ったが、あの自転車にはブレーキがついていないのかい?」

「まさか」チェシーは心のうちでうめき声をあげ、急いで否定した。「気をつけさせますから」

マイルズは皮肉めいた視線を投げた。「君に言われて素直に聞くような子じゃない」

「一応注意はしておきますから」

「ふん」彼はじっとチェシーを見る。「何かあったのか? 君もなんだか興奮しているようだし。またいつものように君に突っかかったのかい?」

「そんなこと一度だってありません」チェシーはつんとして言った。

「もちろんだ」彼は愛想よく言って、ため息をついた。「フランチェスカ、僕の目は節穴じゃない。君は妹に寛大すぎる。壊れ物を扱うように彼女の気持ちに気を遣っているが、彼女のほうは君の気持ちなんかお構いなしだ」

憤りと、ミス・ロイドとしか呼ばれたことがないのに突然名前で呼ばれたショックとがチェシーの心の中で闘った。

「彼女にとってはつらいことばかりで……」

「君だって同じはずだ」

「いいえ、ジェニーは……」ジェニーは父のお気に入りでしたから、という言葉をチェシーはのみ込んだ。今までは考えまいとして避けてきた事実が、急に心に浮かんできたのだった。だが彼女は代わりに、ぎこちなく言った。「若いのにつらい経験をしましたから」

「彼女だっていいかげん自分の人生に責任を持ってもいいころだと思わないか？」

「私、あなたに雇われていますけど」チェシーは静かに言う。「それだけです。余計な口を出していただきたくありません。ジェニーと私の関係はとてもうまくいっているんですから」

「僕とジェニーの関係は違う」容赦のない口ぶりだ。「気をつけなさいと注意したら、そのうち私たちのことは気にしなくてすむようになるから放《ほう》っておいて、とどなり返してきた。どういう意味だ？」

目の前に妹がいたら首を絞めてやりたかった。

「何か誤解があったのではありませんか？」チェシーはいらだちを押し隠して言った。「秋になったら彼女が大学に行ってしまうという意味で……」

「それは成績がよかったら、の話だろう？」

「その点は大丈夫です。頭のいい子だし、学校でも期待されているんですから」

「楽観しすぎでないといいが。少なくとも僕は、同じ屋根の下にいて楽しいとは言いがたい」

チェシーは唇をかんだ。「すみません」

「君が謝る必要はない。気まぐれな少女の教育は君の手に余るんだ。助けてくれる人はいないの？」

助けてもらう必要なんかない、と言いたかったが、根が正直な彼女は嘘《うそ》を言うことはできず、代わりに静かに答えた。「母方に叔母がいますけど、自分の家庭があるし……。でもいいんです、それで」

「そんなことはないさ。君は血の通った人間だ、ロボットみたいに気持ちを殺して生きているけど」マイルズは突然口を閉ざす。「悪かった、そんなつもりはなかった。これ以上余計なことを言って君の気分を害してしまう前に、折り入って頼みがある」

「はい？」ロボット、灰色のロボット――そう、そのとおりだわ。

「今夜食事でも一緒にどうかな？」

生まれて初めて、チェシーは驚きのあまり大きく口を開けてしまった。「それはどういう……？」

「簡単さ。今日はとてもいいことがあってね。僕の新作『動乱』がイブニングスター社で映画化されることが決まった。シナリオも僕に書いてほしいということだから、原作が妙に変えられる心配もない」

　彼が笑うのを見ることなどめったにないので、ほほえみがマイルズの表情にどれほど変化をもたらすかをチェシーは忘れていた。いかめしい顔が突然人なつっこくなり、瞳がサファイアのようにきれいに見える。驚くと同時に、チェシーは彼がなかなか魅力的であることを認めないではいられなかった。

「お祝いしたい気分なんだ。君が来てから初めて出す本だから、一緒に祝ってほしい」

　チェシーはただ彼を見つめていた。

「フランチェスカ、君だって食事はするよね」

「ええ、でも……」

「なんだい？」

「あの、ご親切はありがたいんですが、やめたほうがいいと思います。小さな村だし……」

「夕食に誘っているだけだぞ」いらだちを殺した口調で彼は言う。「ベッドにじゃない。ご希望なら教会の会報にそのことを載せたっていい」

「そんなことを気にするなんてどうかしていると思われるかもしれないけど、純粋に仕事上のつながりだということをはっきりさせておきたいんです。同じ屋根の下にいるのですし、ご一緒したらどんなことを言われるかわかりません。お互いに妙な噂《うわさ》は困るでしょうから」

ゴシップもスキャンダルもこれ以上はごめんだ。

「僕はちょっとやそっとのことは気にしない」面白がっているような口ぶりで彼は言った。「感謝の気持ち、いや、ボーナスの一部と思って受けてくれないか？　それに」彼は顔をしかめて改めてチェシーを見た。「君はちゃんと食べているのかい？　鎖骨がそんなに目立つじゃないか」

「ありがたいですけど、ご心配は……」

「そのとおり。余計な心配はしないで、たまには思い切ったことをするものだよ。たかが食事じゃないか。それとも僕みたいな男はいやかい？　これでも一番ひどい傷は服に隠れて見えないんだが」

「そんな……そんなこと」チェシーはますます顔を赤らめた。

「あの事故の前、僕は女性と住んでいた。結婚の話も出ていたが、退院した僕の裸を見て、彼女はそれ以上知りたくないと言った。君に同情してほしくて言っているわけじゃない。単なる事実さ」

「以前同情はしてほしくないとおっしゃったこと、ちゃんと覚えています、ミスター・ハンター」チェシーはためらった。「お誘いは、お受けします」

「ありがとう。もう一つ頼みがある。マイルズと呼んでくれないか」

チェシーは混乱してしまった――なんだか変だわ。これ以上おかしなことにならないうちにやめないと。

そう思いながら、彼女は知らないうちにぎこちなく返事をしていた。「はい、マイルズ」

「それでいい。では八時に車の前で」

彼は片足を引きずって自分の書斎に入り、ドアを閉めてしまった。

チェシーはぼんやりとコンピュータの待ち受け画面のくるくると変わる模様を見つめた。今の私の気持ちと同じだわ。

なんといろいろなことが起きる日なのだろうか。中でもたった今起こったことといったら。彼と夕食に出かけることになったのが信じられないが、今さらあと戻りはできない。

――チェシーは見えない危険を察知したかのように体を震わせた。

考えすぎよ。マイルズの書くスリラーばかり読んでいるからだわ。これからは退屈な伝記でも読むようにしなければ。彼が言ったように、ただ食事に行くだけのことじゃないの。

2

「鬼と食事?」ジェニーはあっけに取られた顔になった。「チェシーったら、なぜ断らなかったの?」

チェシーは困ったように肩をすくめた。「いいじゃないの。お祝いしたいことがあったんですって」

「さあ、どうだか。オペラ座の怪人みたいに仮面をかぶって本心を隠してるだけよ」

チェシーはぎょっとして妹を見つめ、ゆっくりと言った。「マイルズは私のボスだし、恩があるのよ。なのに、あなたはけなすことしかしないのね」

「恩?」ジェニーの顔が赤くなった。「そんなものないわ。私たちから家を奪った上に、こき使っているじゃないの」

「そうかしら」チェシーは思わず声を荒らげた。「少なくともあなたはこき使われてなんかいないわ。それにマイルズがここを買ってくれなかったら、私たちはとっくに新しい持ち主に放《ほう》り出されているわ。どうしてそれがわからないの?」

ジェニーは反抗的な顔になる。「ほかに方法があったかもしれないわ。テレビで小さなホテルを始める話を見たけど、シルバーツリーをホテルにしたら絶対もうかったと思う」

「二十年後にはね」チェシーはそっけなく応じた。「でも債権者はそんなに待ってはくれないわ。それにホテルをやることを考えたら、今の私たちは毎日遊んでいるようなものよ。二十四時間勤務だもの」

ジェニーは鼻先でせせら笑った。「そんなことないと思うわ」頑固に言い張る。

チェシーは悲しいのと同時に笑い出したくなった。ジェニーは学校の成績はいいのに、どうしてこんなにも現実が見えないのだろう。

第一、ホテルでジェニーはどんな仕事をする気でいるのだろうか。料理はまるでできないし、家事だってやろうとしないのだから。

「それに」ジェニーは本音を吐いた。「チェシーが出かけたら私は何を食べたらいいの？」

「たまに私がいなくたって、飢え死にはしないわ。冷凍庫にチキンキャセロールがあるから、電子レンジで温めなさい」

「そっちはごちそうを食べるのに、不公平ね」ジェニーは顔をしかめた。「それに、いつからあの鬼野郎をマイルズなんて呼ぶほど親しくなったの？」

「別に親しくなってやしないわ。ただ食事を一緒にするだけのことよ」チェシーは穏やかに言った。

そう、ただ食事に行くだけ――数少ない服の中から着ていくものを選びながら、彼女は同じ言葉を心の中で繰り返し、自分を納得させようとした。

レストランなんて、長い間行っていない。父とレストランで昼食をとりながら、会社がどうなっているの、と不安な気持ちで問いただした時のことを彼女は思い出した。父のネヴィルがチェシーの肩を叩《たた》き、〝すべてうまくいっているよ。心配することは何もない〟と言った声が今も耳に残っている。

父は声も大きく、よく笑った。それによく飲んだ。あの時、父はレストランにかつての仕事仲間がいるのを見つけて人なつっこく手を振り、テーブルに差し招いたが、彼らは来ようとはしなかった。

今思えば、あの出来事はダムにひびが入っているのを最初に発見したようなものだった。いやな予感がしたが、それを口に出すのは怖かった。認めたくない気持ちが勝っていたのかもしれない。

あの時はたしか金のボタンがついたクリーム色の麻のシフトドレスを着ていたが、今はそれもない。

今残っている服は普段着と、それより少しましな仕事用の服だけで、よそ行きの服はなかった。結局チェシーは黒いスカートと、安物だが一応シルク製のブラウスを着ていくことに決めた。去年の誕生日にジェニーがくれた金めっきのイヤリングとチェーンをつければ少しは見られるだろう。

まだ二十代初めだというのに、百歳の老婆のような気がした。心配ばかりしているせいで額にはしわができ、口元が下がってきたような気がする。

洗ったばかりのつややかな薄茶色の髪は、いつもは後ろで束ねているが今夜は垂らすことにした。

唯一持っているアイシャドウはわずかに残っているだけだ。ジェニーがたまにちらし配りのアルバイトをしたお金で買った化粧品を持っているのは知っているが、機嫌を損ねた彼女が貸してくれるとは思えないので、パウダーと口紅だけをつけた。

最後に化粧台の引き出しに大切にしまってあるレール・ド・タンを首筋と手首に一吹きし、大切に栓をした。これがなくなったらもう香水は買えないだろう。それなりにいい給料をもらってはいるが、香水のようなぜいたく品を買うゆとりはない。

ジェニーは近くの町の学校の奨学生になっているが、それでもお金はかかる。制服は買わなくてはいけないし、彼女は運動着やトレーナーはデザイナーものでないと満足しない。同級生たちと同じでなければいや、ばかにされるのはごめんだと言うのだ。

チェシーはそのことを思い出して顔をしかめ、それしかない上着と、バッグを取り上げて鏡を見た。

ベストセラー作家がデートに誘う女には見えないわ。どうして彼はもっと自分にふさわしい女性を誘わないのだろう。

ジェニーは彼を毛嫌いしているし、顔に傷はあるけれど、彼は魅力的でダイナミックな男性だ。なぜ今までそれに気づかなかったのか不思議だった。

それは私が彼を血の通った人間として見ていなかったからだわ。雇い主としてしか見なかったし、最初に同情して拒否されてからは、いい関係を築こうとする気も失《う》せてしまった。ジェニーと私が生きていくために常にご機嫌を伺いつづけなくてはならない邪悪な神——それがマイルズだった。

彼がさっき言ったかつての婚約者のことが頭から離れない。彼はまだ失恋の傷を抱えているのだろうか。一番助けが必要な時に自分を拒んだ女性を忘れられず、恋心を抱きつづけているのかしら。

ファンレター以外、彼に女性からの手紙や電話が来ないのはそのせいだろうか。唯一彼の周囲にいる女性は彼の姉と、四十代のエージェントだけだ。

彼の小説に恋が描かれないのもそのため？　彼の作品は緊張に満ちていて人を飽きさせないが、どこか寒々しく、感性が乏しい気がする。

でもそれは私だけの意見にすぎないわ——チェシーは心の中でつぶやきながら裏口を出た。ミステリーファンの読者はそんなものは求めないのだろう。

それに、マイルズには実は誰かいるのかもしれない。ロンドンにも、ほかの町にもよく行く彼は、私の知らないところで女性とつき合っていて、プライベートな生活を私や村の人に隠しているのかも。

そのマイルズは車のところで待っていた。カットのいいズボンに長い脚を包み、黒いカシミアのタートルネックのセーターを着ている。スポーツジャケットを肩にかけて、考えごとでもしているのか、地面を見つめていて、チェシーに気づく様子はない。

出かけるのを楽しみにしているようには見えないわ。衝動で私を誘ったのを後悔しているのだろうか。じきにわかるわ。ジェニーがキャセロールを残しておいてくれますように。もしかしたら私は、何も食べずに帰ってくる羽目になるかもしれない。

「どうも」チェシーはぎこちなく彼に声をかけた。

マイルズは顔を上げ、一瞬チェシーが誰かを忘れたようにいぶかしげに瞳を細めたが、すぐうなずく。

「いつもながら時間に正確だね」彼は助手席のドアを開けてくれた。

隣に彼が乗り込むと上等のコロンのにおいがした。

「ホワイトハートにしようと思うんだが、いいかな？　パブだが食事がおいしいと聞いたから」

「ええ」高級なレストランに行くには、服もふさわしくなければ、自信もない。「ミセス・フューストンは名コックですわ。ご主人と二人であのパブを買い取るまではケータリングをしていたんです。今もディナーパーティには出張してくれます」

「覚えておこう。そろそろ僕もうちに人を呼ばないとね」運転しながら彼はちらりとチェシーを見た。「そんなに驚いた顔をしなくてもいい。いつまでも呼ばれっぱなしというわけにはいかないからね」

「いえ、あの……シルバーツリーはパーティには最適の家ですわ」

「独身者の家じゃあないな」ぶっきらぼうに彼は言った。「姉にいつもそう言われているよ。つまり、いまいましい子供たちと一緒に自分を早く招待しろということさ」

「子供はお嫌いですか？」

彼は肩をすくめた。「あまり縁がないな。ステフィーの子供たちはいい子だよ。姉はモンスターと呼んでいるけど」

地雷にやられなければ、彼は今ごろ結婚して子供もいたかもしれない、とチェシーは思い、家族と一緒のマイルズを想像しようとしたが、無理だった。

私はジェニーと同じように、偏見を持っているんだわ。彼だって昔はスポーツを楽しみ、笑い、女性を愛して、生き生きと人生を楽しんでいたはずよ。

そしてそのままだったら、私は決して彼と会わなかった……。数々の賞を獲得したジャーナリストで、行動派のテレビレポーターのマイルズ・ハンターはロンドンを拠点にし、眠ったような田舎の小さな村の大きな館《やかた》にはなんの興味も示さず、バッグを手にして事件を追って世界を駆け巡っていたことだろう。

その彼が今、私とここにいる。

ホワイトハートは白壁に黒い木骨造りの感じのいい建物で、村はずれの十字路にあるかつての馬車宿だった。亭主のジムはワインに造詣《ぞうけい》が深く、妻が料理を担当していて、いつもにぎわっている。今夜も例外ではなく、駐車場はほぼ満車だった。

「予約しておいてよかった」わずかに残ったスペースに巧みに車を入れながらマイルズが言った。「みんながみんな、食事に来るだけではないようだが」

彼の視線の先をたどったチェシーが見たのは、木に隠れるようにして離れて止まっている一台の車だった。中で黒い影が抱擁しているのに気づいた彼女は、あわてて目をそらした。

「なぜわざわざこんなところで」彼女はなんとかマイルズのそっけない口調に調子を合わせた。

「人目を忍ぶ恋なんだろう」彼は肩をすくめる。

二人はバーに入り、チェシーはシェリー、マイルズはジントニックを頼んでメニューに目を通した。

客のほとんどは村の人たちで、顔見知りのチェシーに挨拶《あいさつ》をしてきたが、何人かは一緒にいるマイルズにうさんくさげな視線を向けてきた。

それは予想されたことだったので、チェシーは無視して、クレソンスープに鶉《うずら》の赤ワイン煮というメニューを選んだ。マイルズが選んだのはパテと、ギネスビールで調理したステーキだった。

「こういう時は、ここにはよく来るの、とか言って話のきっかけにするんだろうな」注文がすむとマイルズは皮肉な口ぶりで言った。「だが君がめったに来ないのは知っているし、何を言えばいいのかな」

「さあ」チェシーはグラスを手の中で回した。「社交には最近縁がないから、私にもわかりません」

「それは僕も同様だ」マイルズはかすかに口元をゆがめた。「静かな夜になるということだね」

「いつもそうですから」チェシーはおずおずとほほえみ返した。「ジェニーは部屋にこもって試験勉強ばかりしているから、私はたいてい一人なんです」

「孤独は最高のぜいたくだと言う人もいる」少し間を置いてマイルズが言った。「だが人間は一人では生きていかれない」彼はまた口をつぐむ。「妹さんは卒業したらどうしようと思っているの?」

「自然科学を専攻したいようですけれど、具体的な将来の方向はまだ……」彼が不審そうな表情を作るのに気づいてチェシーはあわてて弁護する。「まだ先は長いし、急いで決めることもありませんから」彼女は赤い布張りのベンチにもたれかかった。「私と違って妹は勉強が得意ですし」

「それはいい……。サンテミリオンのいいのがワインリストにあるけれど、バーガンディのほうがいいかな？」

「いいえ、ボルドーのほうが」チェシーはかつて父とフランス南西部にバカンスに行ったことを懐かしく思い出していた。父は叔母の家に残してきたジェニーのことを気にして毎晩電話をしていたけど、それでも私にとってはすばらしい旅だったわ。

「ほら、まただ」

「え？」

「君のその表情。クリスマスが急に廃止されたと教えられた子供みたいだ」

「まあ。気をつけます」

「そんなにいろいろつらいことがあった？」

彼女は透き通った琥珀《こはく》色のシェリーを怒ったように見つめた。「つらかったことを思い出しているって、なぜわかるんですか？」

「僕にも同じような経験があるからさ」彼はジントニックを飲み干した。「話してみないか？」

チェシーは首を振る。「順風満帆に人生を楽しんでいたのが、次の瞬間頭から地面に叩きつけられて泥まみれになっていた、ってことだけです。ほかのことはマスコミがみんな暴いてくれたわ。いやになるほど細かく」

「そうだったね」彼は優しく言うとちょっとの間チェシーを見つめた。「で、君は何も言わないの？」

「何もって、何を？」

「お父さんは無実で、急死してさえいなければ無実が証明できたとか？」

チェシーはゆっくり首を振り、そっけなく言った。「生きていてもまだ拘留されていたと思います。いろんな意味で死は救いでした。父はきっと……」彼女は唇をかんで言葉を切った。「ごめんなさい。お祝いなのに、これではお通夜だわ」

「僕から持ち出した話だ、ききたかったから」

でもなぜ――そう思いながらチェシーはシェリーを口に運んだ。仕事場を離れたら、小説や家のこと以外の話題を出さなくてはいけないと思ったから？　それなら音楽とか映画とか、当たり障りのない話題でもよかったのに。

夕食とワインを前に、男と女は普通どんな話をするのだろう。長い間そんなことがなかったので、見当がつかない。

アラステアと別れて以来、ボーイフレンドはいなかった。ロンドンで勤めていた時はたまにデートはしたが、本気で好きになった相手もつき合いたいと思った男性もいなかった。

ロンドンを離れてから、男性と二人で出かけるのは今夜が初めて――もっともこれはデートとは言えないけれど。

テーブルの用意ができたと告げられたのは救いだった。オードブルは話しをしている暇も惜しいほどおいしく、チェシーは黙々と食べることに専念した。

二人のテーブルはメインダイニングからはずれた小部屋にあり、パネルで仕切られてろうそくがともされていた。見つめ合う二人の邪魔にならないよう、テーブルの花さえ低く活《い》けられている。

フューストン夫妻はロマンチストなんだわ、とチェシーは考えた。私たちはそんな仲じゃないのに。どうせなら彼と顔を合わせなくてもいいように、背の高い花が真ん中にあればよかったわ。

最初のコースが終わると、チェシーは気詰まりになって小説の映画化の話を口にした。個人的な話題を避けるためじゃないわ、興味があるし、これからの仕事に関係があるからよ、と自分に言い聞かせる。

困ったわ、次は何を話そう？　今年の夏は暑くなりそうだけれど地球温暖化のせいだろうか、とか？　そんな話題はあまりにもつまらないわ。

「僕はそんなにつまらないかい？」マイルズが椅子に寄りかかって青い目を伏せた。

「そんなこと、ありません」チェシーは赤くなってワインをごくりと飲み干す――心の中を読まれてしまったのだろうか。

「口述筆記用のノートを持ってきてもらったほうが、君も気が楽だったかもしれないな」

「さあ、どうでしょう。正直言って、今でもなぜ私がここにいるのか、わかりません」

「おいしいものを食べるためだ。しかも君は料理する必要もあと片づけをする必要もない」

「それだけ?」妙に息が苦しくなる。

「いや、理由はまだあるが、それはあとで」銀色の傷跡が光るクールな顔は謎《なぞ》めいていて、真意がうかがい知れない。「ワインをもう少しどう?」

「いいえ」チェシーはグラスを手でふさいだ。「頭をはっきりしておくほうがいいような気がします」

彼はからかうように笑った。「心配しなくとも誘惑する気はないよ」

「そんなこと、考えてもいません」

「まったく君は純真だ。二人きりでいるのになぜ僕が君を誘わないか、不思議に思ったことはない?　こんな傷のある男は初めから対象外かな?」

「そんなこと、思ったこともありません。あなたが私的な感情を見せられなかったのは、私たちが契約関係にあるせいだと思っていました。それに……」チェシーは言葉をのみ込む。

「何かな?」

「あの……秘書をどうにかするなんて、そんな趣味の悪いことをなさる俗人だと思っていませんから」

「それは……ありがとう、と言うべきかな。だが実は僕らの……状況について折り入って話がある」

「家を……売ることにされたんですか?」口に入れていた鶉の味が、急にわからなくなった。住むところもなくなり、仕事も失うのだろうか。

もちろんその可能性は常にあったけれど、ただ考えたくなかっただけだ。なんとなく、自分たちは当分安定した生活を送れるような気さえしていた。

「いや、そんな気はまったくない」彼は本気で驚いたようだ。「そろそろ客を呼ばないといけない、と君に言ったばかりだろう。忘れたのかい?」

「そうでした。いつも不安だと、悪い想像ばかりしてしまって……」

「それはわかるよ」マイルズはナイフとフォークを置いて顔をしかめた。「実はそのことを踏まえて、僕との契約の内容を変更してほしいんだ」

「え?」マイルズとの雇用契約は細かい点まできちんと決められている。何か問題でもあるのだろうか。

「変更と言いますと、どんな?」

彼はワインを飲み、考え込むように青い瞳をグラスに向けた。

「実は……結婚してはどうかと思うんだが」

世の中の動きが止まり、自分だけがそこからはずれたような、妙な気分にチェシーは襲われた。周りの声や音が消え、耳の奥で血が熱く流れる音だけしかしない。今聞いたことを必死に理解しようとしながら、体を硬くしてチェシーはマイルズを見つめた。

「あの……」自分の声がはるか遠くに聞こえる。「意味がよくわかりませんけど」

「簡単だ。僕は君にプロポーズしたんだ」信じがたいほど事務的な口調だった。「なんなら新しい契約だと考えてくれてもいいんだが」

気でも違ったのだろうか。戦争神経症が今ごろになって出てきたのかもしれない。

チェシーの唇が動いた。「結婚と仕事は違うわ」

「それは人によるさ」マイルズは動じない。「僕らの状況とお互いが抱えている問題を考えれば、いいアイディアだと思う。君は安定した暮らしと現状の持続を求めている。僕にはホステス役を果たし、家庭を切り盛りしてくれる女性が必要だ。お互い相手の求めるものが満たせるじゃないか」

「それだけで?」まだ信じられず、声が震えた。

「もちろんそれだけじゃあない」彼の声にはいらだちの色があった。「すぐに返事をくれとは言わないが、冷静によく考えてみてくれないか」

冷静によく考える？　こんなばかな申し出を？

「どうやらショックを受けているようだけど」

「え、ええ、だって……。私たち、お互いをほとんど知りもしないのに」

「毎日一緒に仕事をして、同じ家に暮らしている。知らないとは言えないさ」

「でも……」言い返す言葉を探したが、出てこない。「私の言っている意味はおわかりでしょう？」

「うん」嘲笑《ちょうしょう》するような表情で彼は言った。「愛がないのが不満なんだね」

「いいえ、あの、それだけじゃありません」チェシーはグラスを彼の方に押しやった。

「ワインをいただけます？　飲んだほうがいいような気がします」

マイルズは平然としてワインを注《つ》ぐ。彼が落ち着いていることに、チェシーは驚いた。世界がひっくり返るほどの提案をしておいて、なぜ平気な顔でいられるの？

「これまで個人的なおつき合いは一切ないし、顔を合わせてはいても、仕事と家の管理のことしかしていないわ」それにジェニーの態度についての不満――そうだわ、ジェニーのことだってある。

「僕らの関係が変わるのは、君にとってそんなにトラウマになる？　そうは思わなかったが」

「いいえ、でもあまりに突然なんで……ごめんなさい。三文小説のヒロインみたいなせりふだわ」

「プロポーズされてうれしいどころか、あきれ果てているように見えるね」彼は顔をしかめた。

「青天の霹靂《へきれき》ですもの、当然だわ」チェシーはやり返さずにはいられなかった。「大喜びであなたの腕に飛び込むとでも思っていらした?」

「とんでもない」少しの間彼は黙り込んだ。「型どおりのプロポーズが君の好みだったら謝る。だがこれまで僕らはいい仕事上のパートナーだった。結婚もその延長と考えてくれたらいい。それで、実質的なアプローチが好ましいだろうと思ったんだ」

「愛情がなくてもいいと言うの?」チェシーはやっとのことで言った。

「僕は一度手痛い目にあっていると話しただろう。もちろん、君が彼女と同じだとは思わないが」彼は無表情だった。「ほかに質問は?」

チェシーは首を振り、テーブルクロスを見つめた。「これはビジネス上の契約だということ?」

「そう。とにかく、当面の間はね」

新しいショックでチェシーの心臓はまた大きく高鳴る。「では、時間がたったら?」

彼は肩をすくめた。「それはわからない」まっすぐにチェシーを見る。「その時に考えよう。契約条件はお互いの合意の上で、初めて変える」

「私……どう言っていいかわからないわ」

「なら、何も言わなくていい。時間をかけていいから考えてみてほしい。急《せ》かしたりはしないから」

チェシーは乾いた唇をなめた。「もし……断ったら？　仕事はくびということですか？」

「僕がそんなに根に持つタイプに見えるかな？」

チェシーは赤くなり、「い、いえ」と言って大きく息を継いだ。「わかりました。時間をください」

「うん」今度は素直な微笑が返ってきた。「さて、デザートはどうする？」

「結構です」何も喉を通りそうもなかった。チェシーは椅子を引いた。「コーヒーだけで。ちょっと失礼していいでしょうか」

幸い化粧室には誰もいなかった。彼女は手首に水をかけ、鼓動の乱れを静めようとした。鏡の中の自分は、頬が紅潮し、瞳が大きく見開かれているものの、死ぬほど驚かされたばかりの人間には見えない。

でもマイルズ・ハンターの未来の妻になどとても見えないわ。いいえ、私は妻になるのではない――チェシーは無意識に、置いてあったポプリに指をくぐらせ、その移り香をかいだ。

仕事の内容が変わり、お客がある時にテーブルの女主人の席につくようになるだけ。それに住む場所が離れのフラットから本館に変わるだろうけれど。

昔の寝室を使えるかもしれないわ――当面は。そう、当面は、と彼は言ったけれど、そのあとはどうするのだろう――そのことを思い出して、チェシーの胸は不安にとどろいた。

突然体全体が震え、すべてを拒みたくなった。

「できないわ。そんなことできないと、今ここで彼に言わなければ」彼女は声に出して言った。

だが考えてみると言ってしまったのだから、考えるふりくらいしないといけないだろう。絶対に結婚なんかできないわ。たとえアラステアが二度と帰ってこないとしても……。

チェシーは震えながら大きく息をした。とうとう自分でも認めたのね。ジェニーから聞いて以来、心の奥に芽生えた愚かな夢を、はかない希望を。

よりによってそれを聞いた日にマイルズにプロポーズされるなんて、皮肉だわ。物事は重なるものだ、と言うけれど。彼女は小さく笑ったが、その声はうめき声に変わった。マイルズはああ言うけれど、申し出を断れば館にはいられない。派遣会社に職探しに行って、不動産屋で安いフラットを探さなくては。

なぜこんなこと――絶望的な気持ちだった。せっかくうまくいっていたのに、何もかも台無しだわ。しかも彼は私を好きでもなんでもないのに。

でもそれがせめてもの救いかもしれない。迫られたら、もっと困った状況になっていただろうから。

意に反して一瞬、チェシーはマイルズの腕の中の自分を想像してしまった。ムスクの香りに包まれて彼にキスをされ、あの指で触れられたら……。

チェシーははっとして、深い湖から上がってきたダイバーのように現実に戻った。体がぞくぞくし、胸の先端が敏感になっている。鏡に映る、うっとりしている猫を思わせる自分の茶色の瞳を、チェシーはぎょっとして見つめた。開いた唇が震えている。

こんな顔で戻ったら、彼にわかってしまうわ。そうしたら困ってしまう。

まあ、私ったら、何をばかなことを考えているのだろう。どうしてしまったというの？

だがどんなに考えてみても、その答えは見つけられなかった。

早く戻らないと――何度も髪をとかしながらチェシーは考えた。少しは落ち着いたがまだ体のしんが震えて、口紅がうまく塗れない。

ドアが開いて女の子が二人笑いながら入ってきた。好奇心に満ちた視線がチェシーに注がれる。

3

いつまでもここに隠れてはいられないわ。

仕方なく席に戻りかけたチェシーを、途中でジム・フューストンが待ち受けていた。

「ミス・ロイド、楽しんでいただけましたか?」

「お料理、とてもおいしかったわ」おいしかったけれど、楽しんだかどうかは……。

「ところで妹さんは元気ですか?」彼は頭を振って言った。「最近の子供は早熟だねえ」

「え、ええ」

「時として背伸びをしすぎる気もするな」

チェシーは急に不安に襲われた。陽気に世間話をしているだけだと思ったが、違うようだ。

　彼は急に声を落とした。「この間は気を悪くしていないといいけど。知らないパブならそれですんだだろうが、小さい時から知っているから、見過ごすわけにはいかなかった」彼は言葉を切った。「警察は未成年の飲酒には特に厳しいし、下手をするとこちらも免許取り消しなんでね。一緒にいた男の子も気に入らなかったから、調子に乗ってウオッカトニックを注文したのをいい潮に、出てってもらった」彼はため息をつく。「悪く思わないでください」

「どういうことなんでしょう。ジェニーがお酒を？　何かの間違いではないかしら」

「いや」親切だがきっぱりした口調だった。「直接きいてみたらいい。冷静に注意すればそれですむことだ。若い身空で妹さんを教育するのが難しいのはわかるけれど、悪い芽は早く摘み取るに限る。あのボーイフレンドにも注意したほうがいいですよ」最後は厳しい口ぶりで彼はつけ加えた。

「でもジェニーにはそんな相手はいないわ。夜に外出することもないし。ずっと勉強しているのに」

「どうかな。ほかのパブでもきいてみるといいよ」彼は会釈してバーに戻っていった。

　チェシーはぼんやりと彼を見送り、言われたことを反芻《はんすう》して理解しようと努めた。ジェニーが？

席に戻る途中、チェシーはコーヒーがテーブルに運ばれるのに気づいた。ウエイトレスはカップやクリーマーを並べながらマイルズにちらちらと視線を投げ、思わせぶりに髪をいじったりしている。

まあ、彼に色目を使っているんだわ――マイルズもまんざらではなさそうに椅子にもたれて、そんな彼女に応じていた。

チェシーは今さらのように、自分がいかに彼の私生活を知らないかを思い知らされた。彼の話に始まって、不安になることばかり聞かされる夜だわ。

急いでテーブルに近づくと、ウエイトレスは最後にもう一度マイルズに微笑を向けて去っていった。

チェシーが座ると、彼はいぶかしげに眉を寄せた。「どうかした？」

「いいえ」チェシーは精一杯の笑顔を作る。「ここのサービスがいいので感心していただけ」自分の声が尖《とが》っているのがわかって、彼女は内心うんざりした。嫉妬《しっと》しているとか、彼を独占したいと思っているとか、絶対に思われたくはない。

だが幸いマイルズは何も気づかないようだ。

「確かに申し分ないが、僕はそのことを言っているんじゃない。気分でも悪い？」

「いいえ」チェシーは言葉をのみ込む。「もう遅いから、帰らせていただけないかしら」

「いや、まだだ」思いがけない言葉が返ってきた。「ジェニーに何があったかは知らないが、二人でとる最初の食事くらいゆっくりすませたい。ブランデーでもどうかな。いや、飲んだほうがいい」

チェシーはむっとした。「どうしてジェニーが出てくるの?」

「君がそういう顔をする時は大概彼女が問題を起こした時だからさ。ブランデーを飲むだろう?」

重ねて言われて、チェシーはうなずいた。

マイルズはかすかに微笑してウエイトレスを呼んだ。「あわてて走り回っても問題は解決しない」

「言うのは簡単よ。あなたはジェニーの責任を取る立場にないもの」つい苦々しい言い方になる。

「そう、今は、ね」チェシーが赤くなるのを見て、彼はからかうように笑った。「それとも暗に、僕の申し出を受けるつもりはないと、言ったつもり?」

「いいえ」チェシーは彼を見ないで答えた。「考えてほしいと言われたから、そうします」

新しい仕事とフラットを探すまで時間を稼ぐ必要がある、とチェシーは自分を納得させた。

それに、今夜の様子では私が断ってもすぐ誰か別の人が見つかるだろう。

「そのことを考えていたら、ジェニーのことでやきもきすることもなくなるかもしれない。

勉強一筋の子でないことが君にもわかったのだろう?」

「だって……少し前までは学校だけがジェニーの人生だったわ」チェシーの声には疲れがにじんでいた。

「ショックから立ち直るまでは、ね。学校は安全で安定した場だったし、勉強に没頭すれば現実を忘れられた」マイルズは肩をすくめた。「でも若い子は立ち直りが早い。彼女は反抗期なんだよ」

彼は身を乗り出した。「フランチェスカ、ジェニーは賢い子だが甘やかされているし、世間を恨んでいる。どこかでそれを吐き出さずにはいられなかったんだ」コーヒーに手を伸ばす。「砂糖は？」

「ブラックで」チェシーは悲しくて喉が詰まりそうだった。「私ではだめなのね」

「そんなことはないが、君は若く、経験も少ない。彼女の出す信号を見抜き、先回りして制することができなくても無理はない」彼はカップを手渡してくれた。「抜け出して遊び回っていたんだね」

「ええ。電気はついていたし、音楽がかかっていたから」チェシーは首を振った。「年齢を偽って、危ない男の子とお酒を飲んで遊び歩いていたなんて」

マイルズは眉をひそめた。「一人で飲み歩くよりはまだそのほうがましだ」

チェシーはかすかに微笑した。「そうかしら」

「そうだとも。だが早くジェニーと話したい気持ちはわかるよ。コーヒーを飲んだらすぐに帰ろう」

「ありがとう」沈んだ声でチェシーは言った。「せっかくのお祝いを台無しにしてごめんなさい」

「全然。むしろその反対だ」彼はほほえむ。

私がプロポーズを受けると思っているんだわ。そうよね。誰だってそう思うわ。彼と結婚すれば、考えもつかないほど安定した生活が得られるもの。

両方にとって実際的な解決になる、と彼は思っているのだろう——彼の小説同様、血の通わない対処の仕方だわ。でもそれに流されたら、最後にはだまされた気分で取り残されるだけよ。

私は彼も自分自身もだませない。自分に一番ふさわしい相手を求めるべきだわ。誰でも、忘れられない人が手に入らないからといって、二番手で妥協すべきじゃない。

チェシーは視線を伏せてマイルズを見ながら、彼が愛した女性はどんな人だったのだろうと思いを巡らした。さぞ頭がよくて魅力的で、エネルギッシュなやり手で、しかもセクシーで感情豊かな女性なのだろう。パートナーにも高い水準を要求し、それが満たされなかったから残酷に彼を切り捨てたのかもしれない。

「また悲しそうな顔をしているね。さ、帰ろうか」急に言われて、チェシーはぎくりとした。

彼が勘定を払っている間、チェシーは出口のホールに立ち、ぼんやりと壁の風景画を眺めていた。

忘れていたが確かにかいだことのある、甘い香水とたばこの香りが混ざったにおいが突然漂ってきた。誰かいる――しかも知っている人が。

笑みを浮かべて振り向いたチェシーは、全身をこわばらせて、バーへと続くアーチ形の入り口に立っている女性を見つめた。

豊満な体を豹《ひょう》柄のドレスに包み、黒いパシュミナを腕にかけたその女性は、人目を引く美女だった。たっぷりマスカラを塗ったまつげの下の紫色の瞳が、チェシーの全身をなめるように見る。赤く塗られた唇がかすかな悪意をこめた意地悪な笑みを作った。

「あらまあ、フランチェスカ」

「マーカム夫人……リネット。お戻りで……」

「驚いてみせなくてもいいわ」リネットはけだるくゆっくりと言う。「どうせ村中の噂《うわさ》になってるでしょ」彼女は近づいてきた。「あなたは誰にも知られない遠くで新しい生活を始めたかと思ってたわ」

チェシーは赤くなる。「幸いそんなふうに見ないでくださる方もいますし、妹には安定した生活が必要ですから」

「ああ、妹さん。あなたと違ってきれいな方」

「ええ」チェシーは穏やかに応じた。「頭もよくて、姉妹には見えないと言われます。サー・ロバートもご一緒にお戻りですか？」

リネットの微笑が微妙にこわばった。「いいえ、まだロンドンよ。先に家を整えに来たの。使用人には任せておけないし」忠実なミセス・カミングスの仕事ぶりを、片手を振って否定して、彼女は言った。「二晩ほどホテルに泊まっているのだけど、昔のよしみでここにちょっと飲みに来たのよ」

「こんなパブにいらっしゃるなんて、意外だわ」

「あら、昔なじみの顔を見るにも、見られるにも、ここは格好の場所よ」彼女は言葉を切った。「でも今のあなたには分不相応ではなくて？」ブラウスとスカート姿のチェシーを彼女はじろりと見た。「それともウエイトレスでもしているの？　お父様の会社で働いていて、正式なトレーニングは何も受けていないのですものね。それに、住む所にも困るでしょうに。シルバーツリーは売ったのでしょう？」

本当に最悪の夜だわ——さめた頭でチェシーは考え、つんと顎を上げて答えた。「ええ。でも新しい所有者に雇われることになって、今もあそこにいます。家の管理と秘書の役をしているんです」

「それは好都合だこと」いやみたっぷりな言葉が返ってきた。「うまく窮地を逃れたわけね。で、その奇特な雇い主はどんな方？」

チェシーはためらった。「スリラー作家のマイルズ・ハンターです」

「ハンター？」紫色の瞳が鋭くなった。「あのベストセラー作家の？　大金持ちじゃあないの」

「ええ、まあ」あからさまな言葉にうんざりしてチェシーはあいまいに答えた。

「しかも浮浪児に情け深いわけね」甘ったるい口調の裏にとげがある。「どんな手を使ったものやら」

チェシーはこみ上げる怒りを抑えて肩をすくめた。「家を切り盛りする人が必要で、私は仕事を探していた、それだけです」

「そうでしょうとも」リネットは小さく甲高く笑う。「でも今度はばかな考えを持たないほうがよくてよ。みんながアラステアのようだとは限らないわ」

チェシーは殴られたようなショックを受け、爪が食い込むほど強くこぶしを握り締めた。リネットの背後に杖《つえ》にすがったマイルズが現れるのが見える。

「ご忠告はありがたいけど、心配ご無用ですわ」

チェシーはつかつかとマイルズに近づいてこれ見よがしに彼の腕を取り、にっこりほほえみかけた。「ダーリン、ご紹介するわ。マーカム夫人よ。ウェンモア・コートに帰っていらしたばかりなの。リネット、こちらがマイルズ・ハンター」チェシーはわざと間を置いて続けた。「私のフィアンセです」

マイルズは微動もしないが、彼の体がこわばるのが伝わって、チェシーは電流のような衝撃を受けた。

あとで自己嫌悪に陥るだろうと思う一方、リネットの表情の変化を見るとそれでも構わないという気持ちになる。あとで困るような予感もするが……。

だがリネットは電光石火の速さで立ち直った。「おめでとうございます」彼女は微笑を漂わせてマイルズに握手の手を差し出す。

ウエイトレスといい、リネットといい、彼の魅力にいちころ。心を揺さぶられないのは私だけ?

「いつ婚約なさったの?」

「今夜です」マイルズは平然として答える。「お祝いのディナーだったんです。最初にお話ししたのがあなたというわけだ」

「まあ、すてき」うんざりするほど大仰にリネットは言った。「きっとお二人とも幸せになれますわ。ところで、お式はいつ? ここでなさるの?」

「それはまだ……」チェシーは急いで言った。「彼は新作を仕上げないといけないし、忙しくて……」

「ダーリン、僕はもう少しロマンチックな人間だよ」マイルズがさえぎった。「なるべく早く、と思っています。新婚旅行はあと回しになるとしても」

彼はチェシーを引き寄せ、髪に唇を押し当てた。「さ、帰ろうか。お祝いの続きは家で」

絶望で顔を赤くしたチェシーは言葉にならない言葉をつぶやき、腕を取られたまま歩き出した。

マイルズはリネットの方を振り向いた。「おやすみなさい。またお目にかかりたいですね」

「まあ」リネットは目を伏せ、悩殺的な視線を返した。「もちろん、ぜひ」

車に歩くまでの間、チェシーは沈黙を破るのが怖かった。ドアを開けてもらうと、逃げ場を求める逃亡者のように助手席に飛び込む。

運転席についたマイルズは黙って闇《やみ》を見すえていたが、「今のは僕への返事ではなく、方便で言っただけなんだろう？」と静かに言って彼女を見た。

チェシーはうつむいてほてった顔に手を当て、「ごめんなさい」とつぶやいた。「あんなことを言ってしまって……いやな女だと思ったでしょうね」

「やり返したかった気持ちはわかる」彼はそっけない。「手段は感心できないけれどね」

チェシーは震え声で言った。「ウエイトレスだと思われたなんて」

「さあ、それはどうかな。パブの従業員は細心の注意を払って接客していた。やりすぎだと思えるくらいにね。君とはまったく違うよ」

私がウエイトレスをじっと見ていたのを知っていたんだわ――ぶざまな自分がいやで、

チェシーは死んでしまいたいほどだった。

短い沈黙のあと、彼はさらりと言った。「だが夫人の余計な一言のおかげで、婚約は事実上成立だ。今後はそれを踏まえて行動してほしい」

「そうしないといけない？」訴えるようにチェシーはマイルズを見つめた。

「もちろん」月光で頬の傷が銀色に光り、彼は石像のように見えた。「今の段階で事態が変わったら二人とも変に思われる。そんなことは許さない」

「あ、ありがとう」チェシーは震える声で礼を言う。

「ばかを言うな。今僕が感じていることはいろいろあるにしても、君に親切にしようと思ってなんかいない。さ、戻ろうか」

二人は気まずい沈黙を続けたまま家に帰った。

使用人用の棟の前で車を止めたマイルズが闇の中で自分に視線を向けるのがわかり、チェシーはぎょっとした。抱き寄せられたらどうしよう――わずか二、三時間で人生の軸が別の方向にぐるりと転換し、チェシーはうろたえていた。

だが彼は「一緒に降りようか？」と申し出ただけで、動こうともしなかった。

彼女はほっとして首を振った。「私だけのほうがいいかと……。でも……ありがとう」

「ちゃんとした礼の言い方をそのうち君に教えないといけないな」彼はつぶやいた。「お声がこわばる。

やすみ。ひどい夜になって気の毒に思うよ。また明日の朝」

チェシーは月の光の中で、本館に戻っていく彼を見送った——求婚はされても、彼と私の関係は依然として雇い主と使用人のままなんだわ。もちろんそのほうが私には好ましいけれど。

ジェニーにどう話を切り出したらいいかさえわからないけど、電気代を節約してほしいという話から始めるべきかもね——玄関を入ると、こうこうと家中の明かりがついていた。

上着を脱いだとたん、居間のドアが開いてにこにこしながらジェニーが顔を出した。

「やっと帰ってきたわ。驚かせることがあるの」

「驚くのはもうたくさん。それより話があるわ」

「そんなの、あとにして」上機嫌でジェニーはそれをかわし、チェシーを先に立てて居間に通した。

ソファから立ち上がった長身の男性を見た時、世界が動きを止めた。自分の目が信じられなかった。心臓がばくばくし、声が出ない。「アラステア?」

「そのとおり」彼はつかつかと歩み寄り、チェシーの肩に手をかけて驚いている彼女の瞳をのぞき込んだ。「おかえり、って言ってくれないの?」

「あの……ええ」チェシーは大きく息を吸い込んだ。「うれしいわ。でも、あんまり驚いたから」

彼は不思議そうな顔になる。「そんなにショック？　館《やかた》のことはジェニーから聞いただろう？」

「え、ええ」

「それに」彼は声を落としてささやいた。「いつかは僕が帰ると思っていてくれたはずだ」

いいえ、と彼女は心の中で言った。なぜか彼との距離がとても遠く感じられる。あなたは私の前から消えたんだもの。そしてそれははるか昔に思える。

「アメリカにいることにしたのだと思っていたわ」

「まあ、そうしたい気はあったし」彼は認めた。「話もいろいろあったけど、シティの銀行からの話があって、条件がよかったんで、帰ってきたんだ」彼はにっこりする。「また会えて少しはうれしい？」

「もちろんだわ」

クリスマスと誕生日が一度に来たような気持ちだった。心の底で温めていた秘密の夢が奇跡のように実現したのだ。でもその夢はまだ現実とは思えず、それだけに何かの警告のような気がする。

「だったらその証拠を見せて」彼はささやいてキスをしようと身をかがめてきたが、チェシーは全身をこわばらせ、無感覚な唇を固く閉じていた。

「それが君の歓迎？」半分は冗談だが、半分いらだちの混じった口調でアラステアが言った。

「まだショックがさめないわ」チェシーは無理にほほえもうとした。

「家に寄って、カミングス夫人からいろいろ話を聞いたよ。もちろん今ジェニーから詳しいことも聞いた」

「何を言ったか想像がつくわ」沈んだ声でチェシーは応じた。「そういえば、ジェニーはどこ?」

「気をきかせてコーヒーをいれに行ったんだろ」

脇《わき》のテーブルに半分空のワインの瓶とグラスが二つあるのを見て、チェシーは眉を寄せた。

「飛んできたら君はボスとお出かけだと言うじゃないか。君はお情けで仕方なくつき合ったとジェニーは言ったけど」外見も中身もひどい男らしいな」

「ジェニーこそ、少しは人のことを思いやってもいいと思うわ」

「彼女はつらい目にあったんだ。「彼女はつらい目にあったんだ。そんなことを言うものじゃない。昔とは大違いの生活なんだから」彼は言葉を切った。「それより、君からこんな歓迎を受けるなんて、予想外だな」

その口調が非難がましいのにチェシーは気づいた。私がうっとりして彼の腕に飛び込むとでも思ったのかしら。でも、なぜそうしなかったの? あんなにこの時を待ち望み、彼を思って枕《まくら》を濡《ぬ》らしたのに、その彼が戻ってきた今……何も感じないなんて。

チェシーは身を引いて上着をソファの上に脱ぎ捨てた。「アラステア、何年も音信不通で突然戻ってきて、すべて元どおりなのを期待されても無理よ」自分がこんなに冷静でさめているのが不思議だった。

「連絡せずにいたのを怒っているの？」彼はなだめるように笑いかけた。「みんな僕が悪いんだ。でも遠くにいると、まめに連絡が取れないものさ。知ってるように僕は手紙を書くのが得意じゃないし」

電話だってEメールだってあるわ。私が彼の立場なら、なんとしてでも二人の関係を保とうとしたわ。

「ええ。でも時間はどんどん流れていくのよ」

「でもこうして戻ってきたじゃないか」彼は熱心に続ける。「埋め合わせはこれからするよ。かわいそうに、つらかっただろう。しかも使用人扱いされて、こんなところに住んでいるなんて。悪夢だな」

「ジェニーの言うことを本気にしないで」彼女は静かに言った。「こうなって、よかったこともあるのよ。さっきホワイトハートでお義母様《かあさま》に会ったわ」

奇妙な短い沈黙があってから、彼は答えた。「うん、行くと言っていたな。僕は館の改装計画で忙しかったから」

ね」

「大したことじゃない。西棟の一階を二部屋ほど。段差をなくすとか、そういったことを

「改装?」

チェシーは顔をしかめた。「え?」

「リネットから聞かなかった? 父のこと」

「まだロンドンだとは聞いたけど」

「そのとおり」アラステアは無感動に言う。「目の前にいなければ忘れていられて、彼女には好都合だろう。卒中で倒れて、今病院で検査を受けている」

「まあ。いったいどうして?」

「二週間ほど前、スペインで倒れて、五日前に飛行機でこっちに運ばれた。麻痺《まひ》が残り、言葉も不自由だが、リハビリをすれば回復すると医者は言っている」彼は少し黙り込んだ。

「本当だといいが」

がっしりして背が高く、いつも力強い声で命令を下していたサー・ロバートと病気とは、どう考えても結びつかない。「お気の毒に。でも、あなたがロンドンで仕事をすることにして、不幸中の幸いね」

「だろうな」彼は苦々しげにため息をもらす。「まったく、ひどいことになったよ」

「どうしてリネットは私に黙っていたのかしら」

「知らないよ」なんとなくにべもない言い方だった。「隠してもそのうちばれることなのにな」

「お父様を静かに休ませたいから、お見舞い客が来ないように内緒にしたいのかもしれないわね」

「冗談だろ。彼女は病気なんてとんでもないと思っているよ。戻ったからには恒例の夏のパーティも開くつもりでいるんだ」

「だって」チェシーは口をつぐんだ。自分が口を出せることではないと思い当たったからだ。

「君のそばに戻れてうれしいよ」優しく彼が言った。

でも私はもうあなたのそばにはいられない。自分がそう望んでいるかどうかも怪しいわ。ジェニーがわざとらしく音をたてて部屋に入ってきてくれたのが、チェシーにはありがたかった。あまりに立てつづけにいろいろあったので頭が混乱している。考える時間と場所がほしかった。アラステアが帰ってきたことだけでなく、今夜起こったことを、全部自分の中で整理する必要がある。

本当なら天にものぼる気分のはずなのに。ジェニーは私たちが抱き合って喜んだと思っているけど、私は……ただ呆然《ぼうぜん》としているだけ。状況がまだ把握できないだけだわ、きっと。

ジェニーに話をするのも今夜は中止だ。それもいいかもしれない。感情でものを言っても成功したためしがないから、時間をかけてどう話すか考えたほうがいい。女性同士として対等に話すのがいいかもしれない。

でも彼女が聞く耳を持たなかったら？　ジェニーのおしゃべりを聞きながらチェシーは考えた。

「CDを持ってくるから、聴きながらワインを飲みましょうよ」

「だめよ。アラステアはもう帰らないといけない時間よ。あなたは明日学校だし、私も仕事があるわ」

ジェニーは顔をしかめて声をあげた。「チェス、つまんないことを言わないでよ。変なものをごちそうになったから食当たりしたと鬼に言って、休んじゃえば。アラステアが帰ってきたのよ」

「確かに」アラステアが笑いかける。「だがチェスの言うとおり、明日は平日だし、これから時間はたっぷりある。僕は帰ってきたんだから」彼は思わせぶりにチェシーの手に手を重ねた。

「男の扱いを知らなすぎるわ」アラステアが帰ってしまうと、ジェニーは姉を責めた。「音楽をかけて二人っきりにしてあげようと思ったのに」

いつの間に男性の扱いを覚えたの、とききたかったが、チェシーは黙って食器を片づけた。

「気をきかせたのにぼうっと座ってるだけで……。そんなだから彼はアメリカに行っちゃったんだわ」

チェシーはため息をついた。「疲れたわ。もう議論はたくさん。アラステアとのことに口を出さないで。今は混乱しているの」

今はとてもマイルズのプロポーズの話など持ち出せない。もっとも、いつ打ち明けてもジェニーが素直に聞くはずはないけれど。それに、この家を出ても理由はあとで適当にこじつけられる。すぐかっとなる妹に彼の求婚の話をする必要は最後までないかもしれないわ。

そう、マイルズの申し出は断ろう。それもできるだけ早く――そう思うとチェシーは気が楽になった。

だがその夜、彼女は眠れなかった。そして眠りを妨げたのは人なつっこい笑顔のアラステアではなく、頬に傷のある、厳しい瞳の男性だった。

ばかげてるわ、とチェシーは自分に言い聞かせた。

4

チェシーはいらだった気分でマイルズの書斎に隣接したオフィスに向かった。仕事はすっかり片づけたはずなのに、机の上に新しい原稿がのっている。眠れなかったのは私だけではないのだわ——彼女は唇をかんだ。

ため息をついて腰を下ろし、コンピュータのスイッチを入れる。朝食の時、ジェニーは元気よくアラステアのことばかり口走って、手に負えなかった。現れただけであらゆる問題を解決し、チェシーを永遠の幸福に導いてくれる、おとぎばなしの白馬の騎士のように思っているのだろう。だがチェシーは、やめてよ、と叫びたい気分だった。

「今夜は少し遅くなるから。コーラスの練習があるの」出がけにジェニーは言った。

自分でもいやなことだが懐疑的になっているチェシーは、妹がさりげなく視線をはずしたことに気づいて沈んだ気持ちになった——いつまでも話をしないでいるわけにはいかないわ。

裏口のドアが閉まる音が聞こえる。家政婦のミセス・チャブに違いない。今日の話題は聞かなくともわかるわ、と思いつつ、チェシーは台所に向かった。

「聞きました?」派手な花柄のエプロンをまとったミセス・チャブは朝のお茶を飲むために早くもやかんを火にかけていた。「お気の毒なサー・ロバート。誰が想像したでしょう。スペインなんかに行くからですよ」重々しく彼女はつけ加えた。「もともと暑いところで生まれた人ならそれもいいでしょうけどね」

チェシーはあいまいな返事をして、マイルズのためのコーヒーを用意した。

「ということは、あの女が威張りちらすってことですよ。私のことはマダムと呼んで、とか言って」ミセス・チャブは鼻を鳴らした。「大したマダムだこと。旦那《だんな》さんが死にかけているのに、テニスコートを作ってほしいってうちの人に言うんですよ」

「サー・ロバートは回復に向かっているのですってよ」チェシーは内心同調したものの、釘《くぎ》をさした。

「ふん、あんな女に看病されたら、よくなるものも悪くなりますって。未亡人になったらしめたものだと思っているに決まってます」

「ミセス・チャブ、そんなことは……」

「私は思ったことははっきり言わせてもらいます」彼女はきっぱりと宣言した。「うちの人は館《やかた》のお庭が好きですからやめたりはしないでしょうが、私は倍の給金をいただいても二度とお掃除の手伝いには行きません。ま、そんなこともないでしょうが」

彼女はティーバッグに熱湯を注ぎ、真っ黒になるまでバッグを絞ってからミルクを少しと砂糖を二杯入れ「これが正統派のお茶です」と高らかに宣言した。「マダムの飲む妙なにおいの代物とは違って」彼女は満足げに一口すすった。「さて、早く始めないと」まるでチェシーが引き止めていたような言い方だ。「客間を掃除してほしいと言われていますから、お客様でしょうかね。そろそろお客を迎えて、この家が活気づいてもいいころですよね」

元気をつけてもらいたいのは家だけじゃないわ——マイルズの好きなコロンビアをパーコレーターにセットしながら、チェシーはつぶやいた。

コーヒーができるまでの間に郵便物を取り、整理にかかる。手間はいらない。広告は捨て、講演の依頼はすべて断り、仕事関係の手紙は開封して日付スタンプを押し、個人的な手紙は未開封で残すのだ。

いつもはほとんど気にも留めないが、今朝はふとクリーム色の封筒に目が行った。女文字で宛名《あてな》が書いてある。そういえば先週も同じものが……。

本物の婚約者でもないのに、詮索《せんさく》はよすことだわ。私たちの間には個人的な関係は一切ないし、興味もない。まして嫉妬《しっと》なんかあるはずもない。

彼女はコーヒーをのせた盆に郵便物を添え、書斎に運んでノックしたが、返事はなかった。タイプの音さえしないので、おずおずとドアを開けてみた。

書斎は父のころとはまったく違っている。そのことは何よりありがたかった。家が売りに出される前に家財はすべて競売にかけられ、マイルズは自分の家具を運び込んで、家の内装もやり直したのだ。

それがそもそもジェニーには気に入らなかったのだわ。私たちの住んでいる所もきれいになったのに。

だがチェシーには過去とのつながりを切り、家に自分の跡をつけたいという新しい持ち主の気持ちは理解できた。

書斎は以前よりずっと明るく、機能的になっている。壁際にはさまざまな本が詰まった本棚と、ステレオセット、CDのコレクションが並び、暖炉の前には革張りのがっしりしたソファが置かれている。

父が使っていた巨大なデスクの代わりに窓辺には普通のテーブルが置かれているが、椅子だけは背骨に負担をかけない特注品だった。

普段ならマイルズはそこでとっくに旧式のポータブルタイプライターに向かっているはずだ。

〝ラップトップではないんですね〟とチェシーは言ったことがある。

〝電気さえないところに行くことがあるのに、どうやってバッテリーをチャージするんだ〟彼は大事そうにタイプライターをそっとなでた。〝これは父のものだった。最初にジャーナリズムの仕事に就いた時、もらったんだ。地球上からリボンと部品が消えるまで、これを使いつづけるよ。僕の守り神さ〟

〝いつも幸運をもたらすとは限らなかったようですけど〟チェシーは事故のことを思い浮かべて言った。

だが彼は考え込むようなクールな瞳で肩をすくめただけだった。〝だが、僕もこれも助かった〟

今、そのタイプライターにはカバーがかかっている。チェシーは当惑して盆をテーブルに置いた。マイルズの予定表を見たが、外出の予定はない。

病気かしら。だとしたらお医者さんを呼ぶようにと連絡があったはず。

部屋は静かで、初夏の日差しが差し込んでいたが、チェシーは突然人の気配を感じた。ソファに近づいてのぞいてみると、マイルズが規則正しい寝息をたてて横になっていた。寝ているところを見るのも初めてだわ。

チェシーはそっと横に立ち、彼を見た。服は昨夜のままだ。眠っていると妙に若く見える。思いのほか傷つきやすい繊細な寝顔に、チェシーは我になくどきっとした。いつもはきりっとした生気にあふれた顔がいつになく和らいで、厳しい口元が優しく見える。傷のある側が下になっていて、長いまつげが日焼けした頬に影を落としていた。

混乱してチェシーはそこに立ち尽くしていた。どうしたらいいのだろう。起こすべきだろうか、それともそっとして寝かせておくほうがいいのだろうか。

「フランチェスカ、早く決めてくれないか」

ゆったりとした低い声に驚いて、チェシーは唇を結んで悲鳴をこらえ、飛びすさった。

「起きていたの？」

「熟睡できないたちでね」窮屈だったのか、彼は顔をしかめて身を起こした。「誰かが忍び寄ってきたら飛び起きる訓練はできている」

「忍び寄るだなんて」チェシーはむっとして否定した。「コーヒーと郵便物を持ってきただけです。私が入ってきたのがわかっていて、どうして黙っていたんですか？」

嘲笑《ちょうしょう》するような微笑がマイルズの顔をかすめた。「キスで起こしてくれるのを期待してたかな」

無視するほうが懸命だとチェシーは判断した。「一晩中起きていたの？」

彼は肩をすくめて立ち上がり伸びをする。「時々やるんだ。ゆうべはあまり疲れていなかったし、色々頭に浮かんだから庭に出ていて、それから散歩に出た」彼は言葉を切った。「お客さんだった？」

「え、ええ」顔が赤くなるのがわかり、チェシーは気まずい思いをした。「規則違反ではないはず……どうして詮索されなくてはいけないのかしら」

「そんなつもりはないが、自分の敷地から真夜中に人が出ていったら気になるのは当然だろう?」彼は片足を引きずってテーブルに近づき、コーヒーを注《つ》いだ。「何も問題が起きなかったのならいいが」

「問題なんか」――もういやになるほどあるわ。

「ゆうべ君が心配していたジェニーのボーイフレンドかと思った」

「いえ、昔の友人……アラステア・マーカムが」

「マーカム?」マイルズの声が鋭くなった。「ゆうべ会ったあの派手な女性の……」

「ええ」チェシーは唇をかむ。「義理の息子です。お父様が卒中で倒れられてスペインを引き上げたので、ロンドンにいる彼が家の改装のために帰ってきたそうです」

「ついでに旧交を温めようというわけだ」

「ええ」チェシーはきっとして顔を上げた。「いけません?」

「どんな旧交かにもよるな」

「私の個人的なつき合いにまで口を出すんですか? 私たちの……偽装婚約を理由に?」

「別に」マイルズはコーヒーを飲み干してカップをテーブルに置いた。「文句があればはっきり言うよ。それより、ジェニーとは話をした?」

昨夜うっかり打ち明けてしまったので、今さら関係ないでしょうとは言えない。

「機会がなかったので、今夜話すつもりです」

「また旧友が訪ねてこなければね。フランチェスカ、わかっているだろうが……」

そこでマイルズの言葉はとぎれた。どうしたのかと視線を向けると、彼はクリーム色の封筒を取り上げ、厳しい表情でそれを見つめていた。

「何か?」人をスパイのように見張るのなら、私にだってそれくらいきく権利はあるわ。答えが返るまでに少し間があり、しかも彼の目はチェシーを見てはいないように思えた。どこかに旅をしてきて、そのいやな思い出をまだ引きずっているような、そんな感じだった。

私に知られたくないのだわ――静かにドアを閉め、コンピュータに向かいながら、チェシーは考えた。私には関係のないことだ、とチェシーは自分に言い聞かせなければならなかった。

その日はいらいらするほど仕事に集中できず、覚えているはずの登場人物の名前を何度もミスタイプした。物語はクライマックスに差しかかっているので暴力的なシーンが多いのだが、それを読むのもいつになく耐えられなかった。

どうかしている、神経過敏になっているんだわ、と舌打ちしながら、チェシーは間違いを削除した。

ミセス・チャブが顔をのぞかせた。「お客様ですよ」わざとらしく声をひそめる。

「ああ、そのことを彼にきくのを忘れていたわ。客間の用意はできていて?」

「そうじゃなく、マダムなんです。ハンター様にご面会したいとおっしゃって。今応接間で話されていますが、同席してもらいたいとハンター様が」

チェシーはドアの前まで来ると髪を整え、深呼吸して、口を固く結んで部屋に入った。

マイルズはジーンズに白いシャツという普段着姿で、火の入っていない暖炉のマントルピースに寄りかかっている。

蜂蜜《はちみつ》色のシルクのドレスで着飾ったリネットは、暖炉の横のソファに身を投げ出していた。

「うんざりでしたの。誰も手を貸してくれる人はいないし」彼女は赤いマニキュアをした手を大げさに振った。「仕方なくロンドンの介護会社に電話してみたら、すぐに人をよこしてくれて助かったわ」

「さぞほっとなさったでしょう」マイルズは重々しく言うと、無表情にチェシーを見た。

「やあ。マーカム夫人にランチを差し上げられるかな」

「お邪魔でなければ」リネットは上機嫌で言う。「お仕事を妨げないかしら」そこで初めて、彼女はシンプルな青いシフトドレス姿のチェシーに目を向けた。「今日は家政婦さん役なのかしら?」

「仕事ですから」チェシーはさらりと受け流す。「スープとオムレツでよろしいでしょうか」

「エッグ・ベネディクトのほうがカロリーが低くていいのだけど、それでももちろん結構よ」

「はい。ではオムレツにさせていただきます」

広い台所の脇《わき》の食料庫にある大型冷蔵庫の中は、ほとんど空だった。手製の野菜スープの最後のカートンを取り出しながら、今週末はストックを作っておかないと、とチェシーは考える。

スープをとろ火にかけてシャブリを冷やしておき、食堂に行って糊《のり》のきいたリネンのマットとナプキン、カトラリーをテーブルにセットした。また台所に戻って、ハム、ピーマン、たまねぎ、トマト、小ぶりのじゃがいもを小さく切り、チーズを下ろして、オムレツの下ごしらえをする。

「準備はできたかな?」卵を溶いているとマイルズが戸口に姿を現した。

「食事のほうは。心の準備は怪しいけど」

彼はドア枠に肩をもたせかけた。「試練として火の上を歩かされていると思えばいいさ」

「やけどはしたくないわ」チェシーは息を吸い込む。「ランチはお二人だけでどうぞ。私はオフィスでサンドイッチでも食べるわ」

「いや、君も一緒だ。僕の未来の妻には客の接待をしてもらいたいと言ったはずだ」

「私はあなたの未来の妻じゃありません」

「マーカム夫人はそうだと信じている」彼は猫なで声で言った。「君が自分でそう言ったんだから、それに従って行動してもらう。ランチは三人分だ」

チェシーは挑戦的に彼をにらむ。「命令なの？」

「そのとおり」彼は片足を引きずりながら台所のテーブルに近づき、腰を下ろした。「君の知らなかった一面がわかったよ。礼儀正しく、気の小さいねずみみたいに黙ってよく働く人だと思っていたのに」

「一夜にしてどぶねずみに変わった？」

にらまれても、マイルズは平気で笑っている。「ねずみどころか、虎《とら》のようだよ」

チェシーは泡立っている卵を見つめた。たった今の会話に何かひっかかるものを覚える。そして彼がすぐ近くにいることにも。

「ばかなことは言わないで。さ、仕事の邪魔ですからどいてください」

「すぐにどくよ」青い瞳が問いかけるような光をたたえる。「爪は見せてもらったが、喉を鳴らすところも見てみたいな」

泡立て器が手から落ち、床で大きな音をたてた。チェシーは抵抗する間もなく抱きすくめられ、たくましい太ももでしっかりと体をはさみつけられていた。鋼鉄のベルトのような腕が背中に回ってチェシーの体の自由を奪い、もう一方の手は細いヒップのカーブに置かれる。マイルズはその姿勢でチェシーの目を見つめ、ほほえみかけた。

抗議しようと開きかけた唇を彼の口がふさいだ。唇はゆっくりと探るように動く。逃がさず、でも優しく。真剣に、それでいてからかうように。

静かに唇をまさぐられるうちに、さまざまな感覚が、感情が、チェシーの胸にわいてきた。力が抜けて立っていられず、まぶたの裏で無数の小さなきらめきが躍る。押しのけようとして彼の胸に置かれたはずの手が、いつの間にか彼の肩にかかっていた。

そしてすべてが変わった。マイルズはさらに強くチェシーを抱き寄せ、抱き合うのさえ初めてだということも、チェシーがそういうことに慣れていないのも無視して、飢えたようにキスをむさぼった。

唇がこじ開けられ、舌が進入する。優しさも思いやりもなく、我を忘れたような激しい欲望だけが彼を突き動かしているようだった。

ダムの堤防が決壊し、チェシーは激流にのみ込まれて、思ってもいなかった自分自身の欲望に溺《おぼ》れそうになりながら、必死にマイルズにしがみついた。

あえぎつつ彼を味わい、彼の香りを吸い込む。世界がぐるぐる回るような感じだった。薄いドレスの布越しにマイルズの体温が感じられて、急に胸がどきどきし、熱い血が体中の血管をざわざわと駆け抜けるのがわかった。

だがそれは電気のスイッチが切られるように急に終わった。自由になったチェシーは、よろよろと下がって瞳を見開いて彼を見つめ、機械的に腫《は》れた唇に手をやった。いつまでも続くように思われる沈黙の中に、自分と彼の荒い息遣いだけが聞こえている。

やっと口を切った彼の嘲笑するような言葉は、チェシーの五感をナイフのように引き裂くものだった。「これでよく……わかったよ」

興奮して張り詰めた胸を彼の目から隠すように、チェシーは両手で自分の体を抱いた。

「どうして？　なぜこんなこと……」声がかすれる。

「お互いに好奇心があったから。これで君にもわかっただろう」彼の微笑が嘲笑するようにゆがんだ。「それに、僕らの婚約にもう少し精彩がほしかった。世知に長《た》けたマーカム夫人に疑われないようにね」

「何を言っているの？」喉が詰まり、今にも涙がこぼれそうで目がひりひりする。

「普通は婚約期間中は相手に触れずにはいられないものなのに、さっきの君みたいに無邪気な、しらっとした顔をしていられたら、僕の信用にかかわる。少なくとも少しは女っぽく見えるようになったよ」

「私を……襲った口実がそれなの？」脚が震え、自分の反応が情けなくて、悪寒がしそうだった。

急に冷たくなった青い瞳の上で、眉が寄せられた。「そんなふうに思っているのか？覚えておくがいい、偽善者君。やめたのは僕のほうだ。今この家に二人だけだったら、僕はやめなかったし、君もそれは望んでいなかったはずだよ」

チェシーがその言葉を理解するのを待ってから、マイルズは小さく笑った。「さあ、支度を頼む」

取り残されたチェシーはテーブルに寄りかかり、頬を両手で押さえた。何もかもごみ箱に放《ほう》り込んで、この場で荷物をまとめ、出ていきたかったが、彼と交わした契約書では辞める時には一カ月前に申し出ると定められている。とても無視する勇気はない。

チェシーは内心うめき声をあげた。幸せとは言えないまでも諦《あきら》めて現状を受け入れ、満足さえしていたのに、たった一日で人生が急変してしまった。修羅場だわ。何もかもが、破滅に向かっている。

とどめは、核心を突いたマイルズのさっきの一言だった。生まれて初めて、男性を受け入れ、しかももっと抱いてほしいと思った。あのままいけば喜んで身を投げ出していたかもしれない。でも、彼がそれを望んでいたかどうかは……。

チェシーは泡立て器を拾い、床にこぼれた生卵をふき取った。服にもしみがついているが、構うものかという気分だった——私がどう見えても、二人とも気づきもしないわ。少なくとも乱れた髪をとかし、キスの形跡を消す必要はあるだろうけれど。

各種の野菜の入ったパックを開けてサラダの用意をした。オーブンでフランスパンを温めてから陶器のスープボウルに湯気の立つスープをよそい、食堂に運ぶ。

「あら、おいしい」リネットは味見をすると言った。「あなたにお料理ができたとはね」

「必要に迫られて覚えたんです。大急ぎで」

「そうでしょうとも」思い入れたっぷりの言い方を聞いて、チェシーはリネットを思いっ切りひっぱたきたくなった。「人を使う立場だったのに、今ではお掃除までしなくてはいけないなんて。大変ね」

チェシーは素知らぬ顔で答える。「ミセス・チャブがお掃除に来てくれてます。お会いになりませんでした？　とても働き者で、助かっていますわ」

「あら、私はそうは思わないけど」リネットは険のある言い方をした。「彼女のあのぶっきらぼうなご主人もやめさせたいんだけど、ロバートが許してくれそうもなくて」

「彼の庭師としての腕は一流だし、何代もマーカム家で働いているんですもの。もったいないほどの人ですわ。パンのお代わりはいかが？」

だがリネットの話は終わらなかった。「とにかく、前には自分の家だったところで使用人として働くなんて、大変だこと。もっとも話はうまい方向に進んでいるようですけど。お父様はねえ……。本当にお気の毒。ロバートは数年前に予測していたけれど。彼はそういう点は見る目があるのよ。お父様、なんとか切り抜けられると思っていたけど。そういう才覚はおありになりそうだったのにねえ」

怒りのために言葉を失っているチェシーをよそに、彼女はマイルズの方を向いた。

「どうしてウェンモア・アバスなんかにいらしたの？　こんな田舎、退屈ではございません?」

「平和で静かなところを探していたんですよ。それに広い家もほしかったし」彼は礼儀正しくクールに応対する。「シルバーツリーはぴったりの場所でした」

「しかも家事を任せられる人までついていたのですものね」リネットは取り入るように甘ったるい声で言った。「私はロバートが病気にさえならなければ、こんな村に戻りたくはなかったんですの。夫はどうしてもここでないと、と言うものですから、仕方なく」彼女は小さく笑った。「こんなに気の合うご近所ができたのが救いですわ。しかも有名な作家の先生だなんて、すてきだこと」

「フランチェスカがよく知っていますが、僕の生活なんか、つまらないものですよ。いや、ごくたまに楽しいこともありますが」

マイルズが思わせぶりな視線を送ってくるのに気づき、チェシーは膝の上でこぶしを固く握り締めた。

幸いなことにリネットはチェシーを話題にするのに飽きて、夫の病気のことを話しはじめた。

自分をナイチンゲールとマザー・テレサが一緒になったほどのすばらしい妻だと言いたいんだわ――チェシーは自慢げに看病のことを話す彼女にうんざりしながらスープを下げ、オムレツを焼きはじめた。

リネットはオムレツにも賛辞を惜しまなかった。「もっと前にわかったら、先に私が雇ったのに。もう遅いですわね。雇い人を引き止めるために求婚なさるなんて、思い切った手を使われたのね。こんなにお料理が上手な彼女を手放したくないのはわかりますけれど」

マイルズは愛想よく彼女にほほえんだ。「幸いチェシーは家事以外の才能もありましてね」

「そうでしょうとも」リネットは内緒話でもするように彼の方に身を乗り出す。「こんなことを言ってはなんですけれど、チェシーは昔、私の義理の息子とつき合っていたんですの。まだ子供でしたけれど、早熟でしたもの」彼女はわざと言葉を濁す。「アラステアにはお会いになっていませんわよね」

「ええ、ゆうべちらりとお見かけしましたが」

リネットのフォークが皿の上で大きな音をたてた。彼女はナプキンで口をふく。「まあ……」

「チェシーと妹を訪ねていらしたようですよ。帰られるのをお見かけしました」

リネットの微笑はゆがんでいた。「あの子ったら、すばやいこと」彼女はマイルズの腕に手を置く。「お気をつけになって。昔、チェシーはあの子に夢中でしたの。早く婚約を発表なさるほうがいいわ」

「発表するつもりはありませんの」知らないうちにチェシーはそう言っていた。リネットの眉がつり上がるのを見て、チェシーは内心でうめき声をあげた。

「内輪だけで、ということですよ」マイルズが口をはさむ。「親しい人たちだけに知らせるつもりです」

「でも婚約指輪くらいは贈られるのでしょう？　古いとおっしゃるかもしれませんけれど、大切なしきたりだと思いますわ」

リネットの〝しきたり〟は関節からはみ出しそうな大きなダイヤモンドだった。重みで体が左にかしがないのが不思議なくらいだ。

「まったく同感です。午後にチェシーを町に連れていくつもりなんです。ダーリン、アターボーンズ宝石店に指輪を見繕っておくよう頼んであるんだよ」

チェシーは彼の方を見ることさえできなかった。「大げさなのはいやだわ」

「一番小さいのを買えばいいだろう」

リネットが音をたてて椅子を引いた。「お邪魔をしたくないから早々に失礼するわ。チェシー、デザートは結構よ。では」彼女はマイルズの右手を取った。「近々また」

「そうですね、ぜひ」マイルズは愛想よく応じる。

玄関まで来るとリネットはチェシーに向かってぶっきらぼうに言った。「今のうちにもらえるものはもらっておいたらいいわ。彼はサンディ・ウエルズを忘れたくてここに来たのよ。あなたは間に合わせに調達されただけ。傷があったって、杖《つえ》を突いていたって女性をひきつける力は変わらないことに彼が気づいたら、そのうちあなたなんか捨てられるわ」

チェシーは顔を上げ、軽蔑《けいべつ》をこめて言った。「すばらしいご忠告に感謝します。さようなら」

怒りを抑えて閉めた扉にもたれているチェシーの胸に、急に悲しみがこみ上げてきた。どうせ茶番なのに、なぜリネットに腹を立てなくてはいけないの？　自分を納得させるだけの根拠のあるその答えが出せれば、どんなにいいだろう。

5

対決するつもりで食堂に戻るとマイルズの姿はなく、チェシーは肩すかしを食らった気分だった。

さっさと家政婦に戻れということなのだわ、と思いながら食器を片づけ、食器洗い機に並べる。

たった一日の間にあまりに色々なことが起こって、何がどうなっているのかわからないが、少なくとも一つだけははっきりした――できるだけ早くこの家を出るしかない。

チェシーは手を止めて窓の外を見た。なじんだ景色と別れるのはつらいが、すべてが自分のコントロールを離れて動き出したようで怖かった。マイルズに対して抱いてしまう妙な感情や、彼といると思ってもいないことをしてしまいそうな自分が恐ろしい。

いつマイルズが現れるかと、チェシーは何度も肩越しにドアの方を振り返った。そうなった時、どういう態度をとったらいいのか自分でもわからない。だからこそここから出ていかなくては、と思うのだ。

リネットが口にした名前……サンディ・ウエルズだったかしら。聞いたことがあるような気がするけれど思い出せない。それにしても秘書として身近に働いていながら、マイルズにそんな女性がいたことを今まで知らなかったなんて。

チェシーはため息をついてオフィスに戻り、退職願をタイプしてプリントアウトした。封筒に入れ、マイルズの机に置いておくことにする。どこに行ったのかしら。昼食後の日課の散歩に出たのか、ジムに改装した地下室で運動をしているのか、それとも部屋で休んでいるのだろうか。

だが意外にも彼は書斎にいて、さっきのチェシーと同じように窓の外をぼんやりと見ていた。

「まあ……気がつかなくて」

「何か用？」

「いえ、あの……」チェシーは手にした封筒に視線を落とす。直接渡すのははばかられる。

「僕に？　何？」

「やめる時は一カ月前に通知するという契約内容でしたから」彼女は封筒を差し出した。

彼は封を切って無表情に目を通す。「理由は？」

「あの」チェシーは、ぎこちなく肩をすくめた。「いろいろありすぎて」

「さっきのことが原因でないといいが」重々しい口調で彼は言った。

「いえ……あの……多少はそれもあると思います」

「キスは初めてではないだろう？」そっけない口ぶりだった。

「もちろんです」あんな……あんなキスは初めてだったけど。「でもあんなことをするべきじゃなかったと思います」

「僕に謝らせようと思ったら間違いだ。後悔はしていない……で、次の仕事の当てはあるの？」気遣うような穏やかな言い方だった。

「いいえ、でもじきに……」チェシーはできるだけ平静に答える。

「そうだろうとも。君は優秀だから」

本気で言っているのだろうか――チェシーは困惑して考えていた。

「次の人を探すのに広告を出しましょうか？」

「エージェンシーに頼むからいい」黙って手元の紙を見ていたマイルズが顔を上げる。二人の視線がぶつかり、彼はかすかに笑った。「遠回しに、僕と結婚するのはいやだと言っているのかな？」

チェシーは唇をかんだ。「最初からそのつもりはありません。わかっていたはずだわ」

「お互いにとって、いい解決策だと思ったんだが」

「ごめんなさい。でも結婚を手段としては考えられないので」彼女は首を振る。

「結婚には愛が必要だ、でなければ何もいらない、ということ？」

「そんなことは夢物語だと?」

「それは君が愛をどこに求めるかによると思うよ」彼はきっぱりと言って腕の時計を見た。話は終わりらしい。退職願は受け取ってもらえたようだ。チェシーはなんとなくがっかりした気持ちで顔を上げた。「ごめんなさい。お約束でも?」

「宝石店との約束は一時間後だ」当たり前のような口調だった。「君には支度もあるだろうから」

「宝石店って、なんのことだか……」

「婚約指輪を買いに行くとさっき言っただろう」

「え、あれはあの場を取り繕うためだと……」

「僕は心にもないことは言わない主義だ。君もそろそろそのくらいはわかっていると思ったのに」

チェシーは必死に言い返した。「たった今、退職願を出して受理されたはずです。もうばかなお芝居をする必要はないはずだわ」

「君に必要がなくても、僕にはある」マイルズの口調は優しかった。「四週間たったら、大げんかをするか、性格が合わないと言って平和的に別れることにしよう。理由は君の好きなほうでいい」

チェシーは敵意をこめて彼をにらんだ。「今すぐおしまいにしたいんです」

「残念ながら、その選択肢はなしだ。それに、次の仕事を探すに当たって推薦状も必要だろう？」彼は肩をすくめてさらりと言ってのけた。「やめるまで四週間ある。それまで今の状態は続けてもらうよ」

「脅迫だわ」声が震えた。

マイルズはとがめるように舌打ちする。「お互いの利益を尊重した、単純で実際的な実利の交換だ」

自分のことしか考えなくていいのなら、その場でかんしゃくを起こして部屋を出てしまうところだったが、大切な試験を控えたジェニーのことを思うと今この場で、住むところまで失うわけにはいかない。

チェシーはうつむいて言った。「わかりました」

「元気を出せ、フランチェスカ」からかうように彼は言う。「たった四週間の我慢だ。優秀な秘書の君なら簡単にできるさ」

そうだろうか、とチェシーは自問した。

「でも、指輪ははめませんから」

「残念ながら、それも困る。君の昔からの友人たちが何を言うかわからない。だが一番小さな石にすることは約束するよ」彼は口元をゆがめた。

「私はあなたの所有物じゃあないわ。私に……自分のものだという印をつけたいの？」

マイルズは昂然《こうぜん》と顔を上げ、青い瞳で射るようにチェシーを見た。「そうさ。それとももっと確たる証拠がほしいかな?」

先に目をそむけたのはチェシーのほうだった。「いいえ」その声は聞き取れないほど小さかった。

「それでいい。簡単なことだとわかるだろう?」

わかっているのは、これからの四週間が人生で一番大変な四週間になるということ——着替えのために部屋に向かいながら、チェシーはそう考えた。

アターボーンズは老舗《しにせ》の宝石商で、ハイストリートに立派な店を構えている。床には厚いトルコ絨毯《じゅうたん》が敷かれ、座り心地のいいソファが適当な距離を置いて備えられている。

初めてのイヤリングを買ってもらったのも、十八歳の誕生日に真珠のネックレスを父から買ってもらったのもこの店だった、とチェシーは感傷的な気持ちになった——あれは誰の手に渡ったのかしら。

当主のアターボーン氏が自ら出てくると、いたたまれない気持ちはますます強くなった。彼は二人を、ベルベットの布がかけられたテーブルに案内した。

「ミス・ロイド、お久しぶりです。それに、このたびはおめでとうございます」彼は愛想よく言った。

「どうも」つぶやいたチェシーはマイルズの皮肉な視線を意識しながら腰を下ろした。恭しく運ばれた革のケースに並んだ指輪のまばゆさに、チェシーは思わず瞬《まばた》きした。一番安い物でも何千ポンドもしそう。彼は気でも違ったのかしら。

「これなどいかがでしょう」

とんでもない、と言おうとしたチェシーはさっきのマイルズとの約束を思い出し、黙って手を差し出して指輪をはめてもらった。

説明とともに様々なカットやデザインの指輪が次々と指にはめられていく。どれも美しいがチェシーは凍りついた涙の結晶を見ているような気がした。

「気に入ったのはない、ダーリン?」マイルズが促した。「これは?」彼が取り上げたのはリネットのあの大きなダイヤも見劣りするような指輪だった。

チェシーは彼をにらみつけた。手ひどい言葉を投げようとした時、真剣な顔の彼の青い目だけが、からかうように笑っていることに気づいた。

おかしくなんかないし、自分が今置かれている立場を考えたら笑うどころではないのに、なぜかチェシーは口元がゆるむのを覚えた。おなかの底から笑いがこみ上げてきて、口からもれる。マイルズも肩を震わせて笑い出した。

アターボーン氏は驚いた様子だったが、すぐに気を取り直した。「色石がお好みでしたらサファイアやいいルビーもございます」

チェシーははっと我に返り、こんな追い詰められた状況にいるというのに、なぜ自分は笑ったりしたのだろう、と困惑して考えた。

「選ぶのは……難しいわ」彼女は訴えるようにマイルズを見た。「今日決めないといけない？」

「そうだよ、マイ・ラブ」優しい返事の底にはチェシーにしかわからない脅しが含まれていた。

「お気に召した石があったらあつらえることもできますが」アターボーン氏は懸命に勧めを再開した。

「そうね……実は気に入ったのがあるんです。ショーウインドウにあった四角いアクアマリンの両側にダイヤがついた指輪、見せていただけます？」

マイルズの眉が上がった。「アクアマリン？」

「昔は貴石は宝石よりも価値が低いと言われていましたが」アターボーン氏はそう言いながら立ち上がった。「今では貴重になりつつあって、価値が上がっています。特にあれはうちのアンティーク・コレクションの一部で、とてもいいものですし」

その指輪はまるでチェシーのために作られたもののように、手にしっくりとなじんだ。アクアマリンを守るように両側に二粒ずつ並んだダイヤの輝きが、それとは異質の、青みを帯びたアクアマリンのクールな輝きを強調して美しい。

「今の石にはこんな深みはありません。いいものですよ」厳かにアターボーン氏が言った。

マイルズは顔をしかめてそれを見た。「婚約指輪としてはどうかな？」

「確かにおっしゃるとおりですが……」

「私が選んでもいいと言ったでしょう？　どうしてもこれがいいわ」チェシーは言い張った。

マイルズの口元がゆがむ。「いいだろう」

アターボーン氏は恭しく指輪を箱におさめ、スエードの袋に入れた。

これを見てジェニーがどう言うだろうか。ため息を押し殺したチェシーは、厳しい顔をしているマイルズを盗み見た――間違って高い買い物をして、キャンセルしたくてうずうずしているように見える。

そうしたければどうぞ、と言いたかった。こんな茶番をする必要はないわ。私の冗談をあなたが間に受けてしまって、気まずくなったから仕事を変わったと周りの人に説明すればいいことなのだから。

だが車に乗り込むと彼は指輪の包装を解き、チェシーに向き直った。「手を出して」

今だわ。やめましょう、と言うのは――だがその言葉は出てこなかった。彼に手を取られたチェシーは震えをこらえた。金色の指輪が肌の上を冷たく滑る。お守りにでも触れるようにチェシーは青く輝く石にそっと触れた。四週間、たったの四週間よ。

「どうしてこの指輪を?」

「きれいだし、誕生石で好きな石だから。昔ペンダントを持っていたけれど」感情がむき出しになっているのに気づいてチェシーは急に言葉を切った。「ほかの女性が身につけていた歴史もあるし、古いものは品質もいいから、売る時も叩《たた》かれないわ」

「いろいろ考えているんだね」皮肉めいた言い方で彼は言った。「だが売らずに持っていてもらいたいな」

「そんな、だめよ。こんな高価なもの」

「みやげだと思えばいい。それともいやな思いをしたことへの報酬かな……ペンダントはどうしたんだい?」

言いたくはなかったが、口が動いていた。

「売られたわ。何もかも。家の中には最低限のものしか残らなかった。それはご存じでしょう?」

「ああ、気の毒に。つらい思いをしたね」

「ええ」チェシーはもう一度アクアマリンをなでた。「でも宝石や家具より、もっと取っておきたかったものがあるわ」

「なんだい?」

「屋根裏にあった木馬。いつか私の子供にも使わせたかった……。おもちゃまで取っていくなんて。私たちには愛着があるけど、価値なんかないのに」

「競売というのは残酷なものだ」

走り出した車の中で、チェシーは自分が、ジェニーにも話していないし、自分でさえ考えまいとしてきたことを口にしたのに驚いていた。

なぜそうしたのか、これ以上深く考えまい、とチェシーは思った。理由を追及するのが怖い。それに対処すべき問題はほかに山のようにあるのだから。

もうすぐ家に着くところでマイルズが言った。「黙りこくっているけれど、いやなことを思い出させてしまった？」

「いいえ。気にかかっているのは先のことよ。ジェニーにどう話すか……」チェシーは首を振った。「それにどこまで話すべきなのか。口が軽いし」

「だったら本当のこと以外、なんでも話せばいい」

「妹にまで嘘《うそ》をつけと言うの？」

「彼女は君に嘘をついていないと言うのかい？」

返事ができないまま、チェシーは彼をにらんだ。

「経済的な利益を優先して僕の申し出を受け入れたと言えばいい。そして時期が来たら、やっぱり僕と結婚するのは耐えられないからやめたと言えば納得するさ。鬼と結婚したい女などいないだろうから」

「まあ」チェシーはうつむいてしまった。「聞いて……いたの？」顔が熱く、彼を見られない。

「彼女が僕を最低な男だと思っているのは知っていた」マイルズは肩をすくめた。「鬼というあだ名を知ったのは最近だけど」

どこかで私たちの話を立ち聞きしたのだわ。口を慎むように、何度もジェニーに言ったのに。

「ごめんなさい……。言い訳になるけど、ジェニーは若いし、こんな境遇になったのをいやがっていて、あなたをその象徴のように思っているだけなの」

「まあいいさ。その僕が義理の兄になると知ったら、ますます悪口を言われそうだな」

夢ならお願いだから覚めて——シートベルトをはずしながらチェシーはそう祈った。

「心配事を増やすようだが、週末に姉が泊まりに来る」車を降りようとしたチェシーに彼が言った。

「ミセス・チャブが、お客様があると言っていたけれど……。ご家族もご一緒に？」彼女は唇をかんだ。

「いや、ステフィーだけだ。彼女の関心はもっぱら僕らにだけ向けられることになるだろうな」

チェシーはぎょっとして、マイルズを見た。「どう思われるかしら？」

「僕がプロポーズし、君が受け入れたと思うさ。最初の僕らのプランどおりにね」彼は皮肉っぽく笑う。「君に会うのを楽しみにしているようだよ」

マイルズが去ると、チェシーは重い足取りでオフィスに入った。留守電のメッセージが二件入っていた。一件目はエージェントのヴィニー・バクスターからだが、二件目は腹立たしいことに途中で切られている。チェシーはヴィニーからの伝言をメモしてマイルズの机に置き、自分の棟に戻った。

玄関を入ると乱暴に椅子が引かれる音がして、怒りに青ざめたジェニーが台所から姿を現した。

「嘘でしょ。そうよね」

チェシーの心はたちまち沈んだ。穏やかにゆっくり話そうと思ったのに……。「あら、早いのね。コーラスの練習はどうしたの?」

「え?」ジェニーは困惑したようにチェシーを見つめ、言葉を濁した。顔を赤らめる。「ああ、中止になったの。チェス、ごまかさないで。何がどうなっているの?」

「落ち着いてよ。誰がどんな嘘をついたって?」

「姉さんと、それにあの最低な男がよ。彼と結婚するんですって?」

「誰に聞いたの?」

「マーカム夫人、リネットよ。ハーストレーでバスを待っていたら車に乗せてくれたの。

当然私も知っているはず、みたいな口ぶりだったわ。何かの間違いだと思いますと言ったら、笑われたのよ」ジェニーの声は震えていた。「間違いよね、ね?」

「いいえ」平静を装ってチェシーは答えた。「マイルズと婚約したわ。さっきハーストレーの町で指輪を買ってもらったの。それよりあなたはハーストレーなんかで何をしていたの?」

「よしてよ、子供じゃないんだから自由にするわ」ジェニーは天井を向いてあきれた顔を作った。「それより、どうなっているの、チェシー? こんなショッキングな汚らしい話ってないわ」

「そんな言い方はおよしなさい」

「アラステアを愛しているのになぜあんな男と結婚するの? あんな鬼と。吐き気がする」

「およしなさい」チェシーが思わずあげた悲鳴に近い声に、二人はともにショックを受けた。「二度と彼のことを鬼なんて言わないで。許さないわ」

「チェシー!」

「本気で言っているのよ。そもそもあなたの彼に対する態度はひどすぎるわ」転がるように言葉が出てきた。「彼は親切で寛大な人よ。私たちによくしてくれているわ。今後は礼儀をわきまえることね」

「アラステアが戻ったっていうのに。なぜ彼を待たなかったの？」

「待っていてほしいと言ってくれなかったからよ」何度も苦しんだ胸の痛みがまたよみがえった。

「それにしても、マイルズを愛しているはずがないわ。そんなこと、ありえない」

「愛しているとは言っていないわ」苦しい立場に追い込まれたチェシーは言う。「……わかり合える関係なの。ばかばかしいロマンチックな夢ではなく」

「そんなことを言うなんて信じられない」ジェニーは本当に動揺したらしい。「洗脳でもされたの？」

「いいえ。私は現実を見ているだけだわ」

「リネットの言ったとおりだわ。姉さんは彼のお金が目当てで、彼は看護婦がほしいだけだって。チェス、どうしてそんなこと……」

「気を静めて座ってちょうだい」チェシーは妹を台所に押し戻して椅子に座らせた。「婚約はしたけど、あなたが考えているような理由からじゃないわ」彼女は大きく息をした。

「二人でこれから……いい関係を築いてみようと思うの。試してみたいのよ」

「で、だめだったら？」ジェニーは不安げにじっとチェシーを見つめている。

「その時は友人のまま別れるわ」心とは裏腹にのんきな口調でチェシーは応じた。

「いつから彼と友人になったの？　姉さんみたいに安いお金で一生懸命働く便利な人はい

ないから、彼は一生縛っておこうとしているのよ。彼に縛られてここで朽ちるつもり？　あんな冷血漢に」

一瞬、チェシーは彼の熱いキスの感触を、彼の情熱が自分をどんな気持ちにさせたかを思い出した。彼が冷血漢？

「ま、まだ結婚したわけではないし、私はもう大人よ。自分で決断するわ。あなたも態度を慎んでね。今後は……夜な夜な内緒でパブに行くのは禁止よ」

ジェニーは良心の呵責《かしゃく》と怒りの混ざった表情を浮かべた。「彼が告げ口したのね。毎晩幽霊みたいに庭をうろついているのは知ってたわ」

「言っておくけど、彼が自分の家の庭で何をしようと自由よ。教えてくれたのはジム・フユーストンよ。ボーイフレンドもいるのですって？　どうして私に黙っていたの？　いつでも来てもらいたいのに」

「日曜のお茶に、でしょ」ジェニーは悪態をついた。「ただの友だちよ。放《ほう》っておいて」

「なんという人なの？」

「ザック」ジェニーはしぶしぶ白状した。「ザック・ウッズ。幹線道路沿いの修理工場で働いてる」

「まあ」チェシーは困惑を隠せなかった。相手は同級生かと思っていたからだ。「どこで会ったの？」

ジェニーは下を向く。「リンダと行ったディスコ」

あれは何週間も前だわ。それから何度も彼と内緒でデートを重ねていたのかしら。

「ジェニー、二週間先に進路を決める試験が待っているのよ。ばかをやって人生を棒に振らないでね」

ジェニーは立ち上がった。「自分こそばかをしないことだわ。やっていることが信じられない」ジェニーはそのまま走り出ていった。

ひどいことになったわ。ジェニーの言うことももっともだ。私だって自分がしていることがいいとは思わない。蟻《あり》地獄にいるようなもので、次に何をすればいいかすらわからないのだもの。

ジェニーが言うように、少し違えば何もかも違っていたかもしれない。アラステアがあと一日早く帰っていたら。いいえ、彼がアメリカに行かず、何もかも失った時に私を支えてくれていたら……。

リネットのことだから、鬼の首でも取ったように悪意をこめて、私の婚約の話を触れ回っているに違いない。アラステアとは相変わらず敵対しているようだから、彼にも勇んで話しているだろう。

すんだことをいつまでも悔やんでいても意味がないわ。マイルズの指輪をはめていても、何が変わったわけでもない。私は今も彼の使用人にすぎないし、今日の仕事は終わっていない。

本館に戻ってみると玄関に古ぼけたトランクが置かれているのが目に入った。マイルズは書斎のデスクで書類をブリーフケースに入れていた。着替えをしてジャケットを着込み、ネクタイをしている。

「あの……お出かけですか?」

「ヴィニーに電話をしたら、スケジュールの調整をしたいと言うから、二日ほどロンドンに行く」

「二日……泊まりがけで……」

「頭の回転が速いね、君は」あざ笑うように彼はちらりとチェシーを見る。

「今までにないことなので……。お泊まりは?」

「ロンドンのフラットだ。たまには使わないとね」

以前サンディ・ウエルズと住んでいたというフラットだわ。どうしてこんな日にわざわざそこに?

「売られたのかと思っていましたけど」

「気が変わった」彼は肩をすくめてブリーフケースを閉じた。「こういう時に便利だと思って」

「ずいぶん急なのね」

「僕は思い立ったら実行するたちでね。君も短い間にいろいろあって気持ちの整理が必要だろうから、ヴィニーの電話はちょうどいい機会だと思ったんだ。僕が留守の間に一人でゆっくり考えたらいい」

せわしく動いているマイルズをじっと立ち尽くして見ているチェシーの頭の中で、小さな声が悲痛にささやいていた。〝行かないで。私を残していかないで。一緒に連れてって〟

一瞬自分が声に出してその言葉を言ってしまったように思えて、チェシーはショックで息ができなくなった。ばかなことを、と心の中で否定する。

「あの……列車で……?」

「いや車で行く」

「でももう遅いし、今日は疲れたでしょうから」

彼は皮肉っぽく眉を寄せた。「チェシー、いつフィアンセを通り越して奥さんになったんだ」

「ごめんなさい」こわばった声でチェシーはわびた。「私が口を出すことじゃありませんでした」

「心配しているように見えるが、まさか僕のことをそんなに気にしてくれているんじゃないだろうね」

「実はジェニーに話したんですけど、うまく話ができなくて」

「もう子供じゃないとでも言われた?」

「ええ、まあ」

「もちろん、彼女が言うことにも一理ある」

「え?」

マイルズは少しいらだったように言った。「フランチェスカ、ジェニーをもう少し自由にしてあげなさい。大学に入ったら一人で暮らすんだ。いつまでも君に甘やかしてもらうわけにはいかない」

「私は……」

「君はいつも古ぼけた服しか着ていないのに、ジェニー一人ぜいたくな格好をしているじゃあないか」

チェシーは震える息を吸い込んだ。「ひどいわ」

「ひどかろうが、本当のことだ」彼の口調はそっけなかった。「悪いのは君ではないのに、君はジェニーに遠慮している。だがそろそろあの甘ちゃんを巣から追い出して、自分のことを考える時が来ているよ。でなければ君に代わってジェニーの面倒を見てくれる人を探すんだね。いつまでも保護しないで、自分の間違いから学ばせるようにしないと」

「まるで専門家みたいに言うのね」

「経験から言っているのさ。僕もステフィーも親にはずいぶん心配をかけた。ボーイフレンドのことだって、一度や二度、ろくでもない奴《やつ》に出会って痛い目にあえば、相手を見る目ができてくるんだ」

「春先に知り合ったのに、内緒にしていたんです。しかも車の修理工だなんて。ザックというの」

「それでパブに出入りする金があるんだね。でも反対するとかえって恋の炎が燃え上がる。どれもよくある話だよ」彼は肩をすくめた。

「ジェニーと私の関係はそういうんじゃないわ」

「彼女は世間に漕《こ》ぎ出そうとしているんだ」彼は口を切った。「婚約のことはどう言っていた？」

「よくは言っていなかったわ」

「そうだろうな。今僕が家を離れるのは彼女との関係を修復するためにもいいだろう」

「でも、お姉様はいつ？」

「連れて戻るよ」

なんだか心もとない気分でチェシーは玄関までマイルズを見送った。「お帰りの日の夕食はどうしましょう」

「任せるよ。少しゆっくりすることだ。特別休暇だと思ってね」彼は間を置いて続けた。

「土曜の夜は食事はいらない。君の友人のマーカム夫人からさっき電話があって、招待された」彼は一瞬こわばった笑顔を見せた。「楽しみだろう？」

「まあ……え、ええ」

「金曜の午後には戻る。何も問題はないだろう」

問題は私があなたに行ってほしくないと思っていることだわ――そしてチェシーはそれが怖かった。

車を見送った彼女はゆっくりと家に入った。空虚さと静けさがチェシーを包む。彼がここにいるのが当たり前になっていた。彼はいつの間にか私の日常の一部になっていたんだわ。その彼がいなくなった。

チェシーはわっと泣き出したくなっている自分に気づいた。

6

チェシーは階段の一番下に座り込んで、乱れた気持ちを静めようと両腕で自分の体を抱き締めた。恐怖と混乱が入り乱れて、自分でも何がどうなっているのかわからない。

ただ一つわかるのは、マイルズが去っていくのを見て心が切り裂かれるような気がしたことだけだが、そのわけは、理解することも、説明することもできなかった。

アラステアが去った時も枕《まくら》に顔を押しつけて泣いたが、プライドを捨てて、行かないでと懇願することは考えもしなかった。それなのにたった今、もう少しでマイルズにすがりそうになった。

少しでも可能性があると思ったら、私はきっと彼にすがっていたわ――自分でも驚かずにいられない。

彼は私が溶けそうになるまでキスをし、指輪まで買ってくれたのに、さっさといなくなってしまった。どう考えてもなぜなのかわからないけれど、一番わからないのは、残された自分がどうしてこんなにも打ちひしがれた気分になっているかということだ。

せっかく一人になるチャンスをもらったのに、私は今、こだまが返ってくるような広大な荒野にわびしく立っている気分にしかなれない。

チェシーはのろのろと立ち上がった。いつまでこうしていても仕方がない。彼は金曜まで戻らないのだから。今夜と、あと二日間会えない、と思うと体が震えてくる。私は気が変になったのだろうか。こんなのは私ではないわ。

せっかく自由な時間ができたのだから、将来に備えて何かしなくては。ここでのすべてに決別して出ていく日のために。

マイルズはもしかしたら戻らないかもしれない。私の抱える問題につき合いきれないと思ったか、こんなばかげた芝居にいやけがさして、ひと月くらいどこかに雲隠れするつもりではないだろうか。さよならを言うのが苦手そうな人だもの。

リラックスして休めと言ってもらったけれど、とてもそんな気になれない。それどころかチェシーは、針金で体を縛られているような気分だった。

それに、彼が新しい小説を書いている時には、常に仕事がたまっている。彼は推敲《すいこう》を繰り返し、タイプした原稿にも幾度となく校正を入れる。たまっているはずの手直しした原稿を打ち直す必要があった。

チェシーはマイルズの領域である書斎に入っていき、ぐるりと部屋を見回した。

彼はまったくの他人で、毎夜自分の棟に帰ってドアを閉めたら、その存在は自分とはなんの関係もなくなる、と少し前までは思っていたが、今は違う。毎日彼と一緒に仕事をしているうちに、いつしか彼が身近な人になっているのがわかったのだ。

好きな食べ物が何かから始まって、麻のシーツを三日に一度取り替えてもらうのが好み、とか、パステルカラーよりもアースカラーが、人工繊維よりも天然繊維が好き、ということまで知っている。

考え事をする時は部屋を歩き回る、とか、考えたことをメモする時は音楽をかけるのが好きだとか、書斎に置かれている古いタイプライターに迷信にも似た愛着を持っているということもわかっている。

そのタイプライターがまだあるのだから、彼は戻ってくるつもりに違いない。

「あなたを残していったりしないわ」とチェシーはタイプライターの黄ばんだキーをなでてつぶやいた。

それに彼の気分ものみ込めるようになっている。いつ、誰の用事でなら邪魔をしてもいいかも察しがつくし、機嫌のいい日、悪い日も、痛みに苦しんでいる時もわかる。

なのに、この二十四時間、私は彼の気に障ることばかりしていたわ。しかもプロポーズされたのに、リネットに対抗する気持ちから反発して、話をこじれさせてしまった。だが今になって、あの時、口をついて出た言葉をどんなに後悔しても遅い。

入力が必要な原稿が入っているファイルには、二十枚ほどの原稿があるだけだった。これではすぐに終わってしまう、とチェシーはため息をついた。

ふと見ると、くずかごにくしゃくしゃになった紙が捨ててある。ついでだから片づけておこうとかごを取り上げたチェシーは、見覚えのあるクリーム色の封筒が破り捨てられているのに気がついた。今朝マイルズがそれをあわててポケットに忍ばせたことを思い出す。

きっと女性からだわ。急にロンドンに行ったのはこの手紙のせい？

自分を軽蔑《けいべつ》しつつ、チェシーはちぎられた紙片を拾いはじめた。残っているのは封筒の切れ端だけのようだけれど、もし手紙も破り捨てられていたら、私は好奇心からそれを継ぎ合わせて中を盗み見ていただろうか。そこまで堕《お》ちてしまったの？

こんなことをしているのが好奇心からではなく、もっと本質的な感情に突き動かされたためだったら？　そうなのだろうか。私は……嫉妬《しっと》している？

また身内を震えが走った。チェシーには自分という人間がわからなくなった。

一刻も早く自信を取り戻したかった。そうだわ、彼が言ったように、ジェニーとの関係を立て直すことから始めてみよう。妹といい関係に戻りたい。

チェシーはくずかごをそのままにしてファイルをオフィスに置き、自分の棟に帰った。

ジェニーは電話中だった。「いいわ。自転車で行く。あとでね」熱心に言って電話を切った彼女は、反抗するようにチェシーをにらみつけた。「リンダよ。彼女の家に泊まって一緒に勉強することにしたの。疑うなら電話してみて」

チェシーは唇をかんだ。「今夜でないといけない？　一緒に町に出て、ピザを食べてからビデオでも借りてこないかと思ったのに」

「リンダの家に行くわ。教えてもらいたいところがあるの。試験が近いんだもの」

ザックと会うために授業をさぼったのか、と思ったが、チェシーは今は何も言わないことにした。

「彼との邪魔はしたくないしね。うまくやれるようにがんばってね」つんとして言うと、ジェニーは荷物を作りに行ってしまった。

チェシーはなんだかがっかりした気分で台所に行き、お湯を沸かした。仲直りは簡単にできそうもないわ、と思いながらインスタントコーヒーをいれる。マイルズとの婚約が本物でなくて幸いだった。そうだったらジェニーは手がつけられないほど反抗していたに違いない。二人のどちらかを選ぶ羽目になったかもしれないわ。そうなればきっと、私を必要としている血のつながったジェニーを選んでいた。

でもジェニーは同じように思っているだろうか。

チェシーは自分が妹を裏切るようなことを考えたのにぞっとしてあえぎをもらした。マイルズのせいよ。ジェニーは私から独立したがっているなんて、彼が言うからいけないんだわ。でも確かにいつまでもジェニーと一緒にいられると思ってはいけないのかもしれない。彼女もいつかは離れていくわ。今夜のように。このフラットで一人の夜を過ごすのはこれが初めてだった。

これでいいのだわ。マイルズが言うように、私も一人で生きることに慣れなくてはいけない。

いいじゃないの。好きなように夜を過ごせるのよ。テレビのチャンネル争いもないし、うるさい音楽に悩まされることもない。明日の朝学校に送り出すことを考えて、早寝する必要もないわ。私は義務から解放されるんだわ。

だがジェニーがそっけなくバイバイと言って出ていってしまうと、静けさがチェシーを包み込んだ。

ポジティブに過ごすのよ、何かしなくては、とチェシーは自分に命じた。

まず夕食、と思ったが、食欲がないので缶詰のビーンズをおかずにトーストを食べながら、自分を励まして週末のための献立を考えてメモを取った。

車がないので町には出られないが、村の商店はどこも配達をしてくれるので、肉屋、八百屋などに必要なものは届けてもらえる。

となると自分の物を買いに行くチャンスはないわ――マイルズに服をけなされたことを思い出すとつらかったが、彼の言うことは否定できない。確かに新しい服などずっと買っていないし、必要に迫られて買う時には、ファッションより実用性が優先した。

だが給料のいい仕事を探すとなったら、多少身なりにも気を遣わないといけないだろう。

そうよ、もちろん仕事を探すわ。できるだけ早くマイルズから離れないとひどいことになる。今日の出来事でそれがよくわかった――チェシーはその確信に必死でしがみつく必要があった。

夕食後はジェニーに邪魔される心配もなくゆっくりとお風呂に入り、髪を洗って乾かし、顔にたっぷりモイスチャライザーを塗ってから着古したガウン姿で、スリラー映画を見ながらマニキュアを塗った。

だがスリラーは気が重くなるような内容で、暴力的なシーンもあり、一人で見るようなものではなかった。結局テレビを消し、気を晴らすために、ジェニーの化粧台から失敬してきたピンクのマニキュアを足の爪にも施した。

それが終わると……することは何もなかった。

図書館で借りた本を広げたがストーリーが頭に入らず、ラジオをつけても聴きたい番組はない。

ばかげているわ。好きなことをする時間がせっかくできたのに、やりたいことがないなんて。

早寝をすることに決めたチェシーは、母屋の戸締まりを点検して回った。マイルズはよく寝室の窓を閉め忘れるとミセス・チャブが言っていたのを思い出し、二階の彼の部屋をのぞいてみる。

思ったとおり窓が開いていた。厚いカーペットを踏んで窓辺に近づき、かんぬきをかけたチェシーは、何かが動くのを目の端に見てはっとして振り向いたが、それは鏡に映った自分の姿だった。鏡の中のチェシーは青白く、幽霊のようだった。

彼女はおびえたように小さな笑い声をたて、その場で足を止めて鼓動がおさまるのを待った。

マイルズの寝室はいかにも男の部屋だった。父が使っていた時には飾り物や写真なども置かれていたが、今は修道士の部屋のようにがらんとしている。彼の小説みたい——チェシーは悲しいような気持ちになった。目を引くぜいたくなものはただ一つ、緑色のキルトがかけられた巨大なベッドだった。

自分でもわからない衝動に動かされて、チェシーはベッドに近づき、マイルズが頭を枕にのせてそこに眠っているところを想像してみた。

身をかがめ、しわ一つない枕をそっとなでると、彼のつけているコロンのかすかな香りが鼻腔《びこう》をくすぐった。チェシーははっとして小さな声をもらした。彼の存在があまりに生々しく感じられて、突然手を取ってベッドに引き入れられたような錯覚に襲われたからだ。

ばかばかしい、とチェシーは自分を叱《しか》った。マイルズは遠く離れた場所で、別のベッドに入っているわ。たぶん誰かと一緒に。

息が詰まった――こんな所でばかな想像をしていないでさっさと自分の居場所に帰ることだわ。

彼の相手は私ではない。ほかの誰でもなく自分でそう決めたのだから。でも今夜この大きな館《やかた》で一人ぼっちでいると、なぜかひしひしと孤独が身にしみる。彼が寝ていたベッドで寝たら、なんとなく少し安心できるような……。誰にもわかりはしないわ。

チェシーはガウンを床に脱ぎ捨て、ベッドに滑り込むと枕に顔を押しつけて彼の香りを吸い込んだ。

体が気持ちよく沈み、リネンの感触が心地よい。緊張と震えが遠のいて、奇妙な安心感に変わっていった。ここにいてはいけないのはわかっているが、ほかのどこにも行きたくない。目を閉じ、眠りに引き込まれていきながら、チェシーは自分がマイルズの名を呼ぶ声を聞いていた。


朝日が窓から差し込んでいる。チェシーは大きく伸びをした。誰が私の部屋のカーテンを開けたのかしら、と考えて、チェシーは初めて自分がどこにいるかを思い出し、ぎくりとして飛び起きた。

横の目覚まし時計を見ると、もうかなり遅い。

「大変」チェシーはあわててベッドから下り、ガウンをつかんだ。ジェニーの気が変わって昨夜のうちに帰ってきていたら、どうしよう。ミセス・チャブがいつもより早く来たら、なんて説明しよう。

動揺する一方で、この何カ月か、こんなにぐっすり眠ったのは初めてだわ、と思いながらチェシーはベッドを整え、自分が寝た痕跡《こんせき》を消し去った。

自分の棟に戻って手早くシャワーを浴び、木綿のスカートと白いブラウスに着替える。部屋を出る前に指輪を抜いて箱におさめ、引き出しに隠した。

ミセス・チャブが目ざとく気づいてうるさく質問してくるか、村中に噂《うわさ》を流すに違いないわ。

彼女が到着した時にはチェシーはコーヒーも飲み終え、冷静に対応する落ち着きを取り戻していた。

「ロンドンにお出かけですか。男性には時には羽を伸ばす必要もあるでしょうよ。いい機会だから寝室を大掃除しておきましょう」ミセス・チャブは首を振って続けた。「それにしてもサー・ロバートはお気の毒に。車椅子が押せるように、あちこちにスロープをつけたそうですよ。明日救急車でお帰りですって。看護婦つきでね。それなのにマダムの頭はパーティのことでいっぱいときている」

「そんなことはないと思うけど」チェシーの返事には説得力がなかった。「それに家にお客様が多いほうが、サー・ロバートも気がまぎれるでしょう」

「どうだか。チェシー様はなんでも善意に解釈なさるけど、つけ込まれないようにするほうがいいですよ」ミセス・チャブはもったいぶって一人うなずきながら、掃除道具を持って去っていった。

衣類の整理をする決心をしたチェシーは、ごみ袋を手に部屋に戻った。新しい生活に入るに当たって、みすぼらしい服は思い切って捨てよう。これからは積極的に生きる女になるわ――心の中でつぶやいて、彼女は古いTシャツを袋に放《ほう》り込んだ。

整理がすむとワードローブには大きな空間ができた。ここを埋めるにはこつこつと蓄えたお金に手をつけるか、緊急の場合しか使わないようにしているクレジットカードに頼るしかない。

それがどうしたっていうの、とチェシーは自問した。つましく生きてきたけれど、その結果がどうなった？　方向を見失って混乱しているだけ。どうせこの状態から抜けられないのなら、せめて服くらい見られるものにするわ。

午後になって空が曇りはじめ、チェシーが最後のブティックを出るころには雨も降ってきた。

傘を持ってこなかった彼女は恨めしげに天を見上げた。仕方がない。十分もすればバスが来るはずだ。

純粋に自分だけのための楽しみにふけるのがこんなにいい気分だったなんて、すっかり忘れていた。まず仕事に使える服を選ぶことにした彼女が一番高いお金を払ったのは黒い上着だった。それに合う黒いスカートとグレーのチェックのスカート、何枚かのトップスを買って、最後に黒のパンプスとハンドバッグも選んだ。

それだけではない。普段使いのコットンのズボンを数枚、カラフルな安いTシャツ、それからサマードレスも二枚ほどと、下着も買った。

買い物に引き比べ、仕事と家探しは不調だった。二社の派遣会社で断られ、賃貸物件はどれも手が届かないことがわかったが、チェシーはまだこれから何かにぶつかるチャンスはあるわ、と自分を慰めた。

やっとバス停にたどり着き、列に加わった時には荷物の重みで腕が抜けそうだった。雨は激しさを増し、体がびしょ濡《ぬ》れで寒さが襲ってきた。しかもバスはなかなか来ない。

その時反対車線を走っていた車が速度を落とし、チェシーの名が呼ばれた。手招きしているのはアラステアだった。チェシーはほっとしてため息をもらし、重い荷物を抱えて道路を渡る。

「どうもありがとう」

「ちょうどよかった」彼はたくさんの買い物袋を見て顔をしかめた。「嫁入り支度?」

辛辣《しんらつ》な言葉にチェシーは顔を赤らめた。「いいえ。新しい服が必要だったから買っただけ」

アラステアはエンジンをかけてワイパーの規則的な動きを見つめたが、車を出そうとはしない。

「マイルズ・ハンターと結婚するんだって？」やがて彼は言った。「なぜ僕に黙っていたの？」

「誰にも話していなかったから。ジェニーにもよ」

「リネットは知っていた」不満げな口ぶりだった。

「あれは……つい間違って口を滑らせたの」

「妙な気分だよ。帰ってきたら恋人が別の男と婚約していたなんて」

「恋人？」チェシーは首を振る。「こんなに長い間音信不通でいて？　冗談を言わないで」

「でも帰ってきたんだ。連絡しないでいたのは悪かったけど、僕らは仲よくやっていたじゃないか」

チェシーはのろのろと言う。「昔のことだわ。状況は変わったし、私たちも変わったのよ」

沈黙のあとに、彼は低い声で言った。「なぜだ、チェシー。彼を愛しているはずがない。それに彼だってたぶん君のことを愛していないさ」

チェシーは顔を上げた。「あなたにどうして私たちの気持ちがわかるの？」

「チェシー、彼はサンディ・ウエルズと同棲《どうせい》していたんだよ」

「それは聞いたけど、どんな人か知らないし」

「名前は知っているだろう？　トップモデルから女優に転身して、テレビにもよく出ていた超美人さ」

「覚えがないけど」チェシーは静かに言う。

「君のフィアンセは手ひどく振られたという噂だ。しかも、電子関係の事業をしている大金持ちと結婚した彼女に、彼はまだ未練があるらしい」

「彼女が新しい生活に入ったから、マイルズも新しくやり直す気になったんだわ」

アラステアは顔をしかめた。「チェシー、彼女を取り戻せると思ったら、彼は君になんか目もくれなかっただろうよ」

彼女は荒く息をつく。「もうその話はやめて」

アラステアは驚いたようにチェシーを見た。「いいよ。ただ君も真相を知っておくべきだと思っただけなんだ……傷つくのを見たくないから。きっと傷つくと思うよ」

それは本当だった。すでにチェシーの胸はナイフで深くえぐられている。

動き出した車の中で彼女は黙って下を向いていた。マイルズがプロポーズした理由について彼女が抱いていたはかない幻想は、アラステアの言葉ですっかり打ち壊されてしまった。マイルズは私を見るたびに失った美しい恋人と比較していたのだわ。そして私に触れた時にも……。

つらくなって、チェシーは考えるのをやめた。二度とあんなことはしない。彼に抱かれ、キスをされて、すべてを忘れることを自分に許してはいけない。これからは、あれは禁じられた領域だわ。

簡単ではない。マイルズは経験も豊富だし、その気になれば、私の中の盲目的な無意識の欲望を燃え立たせることができる。熱い、満たされることがない思いを嘲笑《ちょうしょう》するように、彼はかき立てた。彼にキスをされるまでその存在さえ知らなかったのに。

私はそれを押し殺して生きていくことに慣れなくては。なんとしてでも。

「ガソリンがない。入れていくから」チェシーの悲しい物思いを破ってアラステアの声がした。

「ええ、どうぞ」

ガソリンを給油してアラステアが代金を払いに車を降りてから、チェシーは初めてそこが幹線道路沿いのスタンドだということに気づき、窓を下ろして冷たい外気を中に入れ、あたりを見回した。

修理も中古車販売もするらしく、紺のオーバーオール姿の修理工があちこちにいる。その中で特に背が高く、黒っぽい髪をポニーテールに結んだ不良っぽい若い男がチェシーの目を引いた。袖《そで》を巻き上げた腕に竜の刺青《いれずみ》があり、銀のイヤリングに鼻ピアスまでしている。

チェシーの視線に気づいたのか、彼は無関心で傲慢《ごうまん》な表情を車の方に向けた。

その顔を見たチェシーの胸の鼓動が、いやな予感に乱れた。どうかあの男じゃありませんように。

だがその時、「ザック」と呼ぶ声に男が肩越しに振り向いた。

チェシーはぞっとして思わず喉元に手を当てた。

「大丈夫？」アラステアが運転席に戻ってきた。「幽霊みたいな顔だよ。何があったの？」

「別に。車の中が息苦しかっただけ」

「エアコンをつけようか？」

「いいの」チェシーは窓を閉めてなんとか微笑を浮かべてみせた。ジェニー……。

「家に寄ってお茶でも飲んでいかない？　リネットはロンドンに父を迎えに行って留守だし」

「お父様、いかが？」話題が移ったのにほっとして、チェシーは尋ねた。

「よくも悪くもならないっていうところさ。なぜ家に帰りたがるのか、僕にはわからないよ。スペインの医療は申し分ないのにな。それにそもそもあの家を維持するために、父は大金を投じているんだ」

「自分の家ですもの。それにゆくゆくはあなたのものになるんでしょう」

「あんな大きな屋敷をもらってもかえって重荷だな」不機嫌に言うとアラステアは車を道に戻した。「僕はロンドンに住むつもりだし、もしチャンスがあったらアメリカにまた行くかもしれない」

何か言ってもらいたいと言いたげに、彼がかすかに挑むような視線を送ってくるのがわかった。私とやり直して、と言ってほしいんだわ——一瞬心が動いた。彼は青春時代の夢であり、憧《あこが》れだった人だ。マイルズを心の中から追い出したら、もしかしてまた元の気持ちに戻れるのではないだろうか。

アラステアのほうは昔の関係に戻る気持ちがあるらしい。マイルズとは違って一生私を支えてくれることになるかもしれない彼と、このまま別れてしまっていいのだろうか。時間だけが答えを出してくれるのだろうけれど、でも私には時間がない。

なぜさっきザックのことを打ち明けなかったのだろう。ジェニーが心配なことや、ザックを見たとたん直感的に嫌悪を覚えたことを話したらよかったのに。ジェニーのこともよく知っている彼は、何かいいアドバイスをくれたかもしれないのに。

とにかく何かしなくては。ザックについての不安は見かけだけから生まれたものではない。ピアスやタトゥーはやりだし、荒削りで不良っぽい外見に若い感じやすい女の子がひかれるのもわかる。だがチェシーに不信感を抱かせたのはザックのボディ・ランゲージや態度だった。考えすぎだとは思えない。ザックが見かけと違って動物や母親に優しいとは、どうしても想像できなかった。

「寄ってもいい?」シルバーツリーに着くとアラステアは尋ねた。「花婿にお祝いを言いたいんだ」

「ごめんなさい、彼、忙しいの」嘘《うそ》というわけじゃあないわ、とチェシーは心の中で言い訳した。どうしてマイルズが留守なのを隠したのかは自分でもわからないが、直感的に留守中にアラステアを家に上げてはマイルズが気を悪くするだろうと思ったのだ。「それにどうせ土曜に会うでしょう? 私たち、お義母様《かあさま》に招待を受けているの」

「そう?」彼は驚いたようだ。「知らなかった」

「お伺いするのは、お父様にご迷惑かしら」

アラステアはつらそうに顔をしかめた。「正直言って、関係ないよ。父はかなりひどい状態なんだ。チェシー、一番そばにいてほしい時に、君がほかの男性のものだなんて……」

チェシーはさらりとかわした。「変われば変わるものね。先週までの私は誰にも必要とされていなかったのに。今の状況は居心地が悪いわ」

彼は思い悩むような憂いをたたえた瞳をしてチェシーの手を取った。「これだけは覚えておいて。気が変わったら待っているよ」手の甲に唇が押し当てられる。「さあ、疑われないうちに帰らないと」

手を引っ込めたい衝動を抑えて、チェシーは静かに礼を言い、荷物を持って家に入った。疑われても構わないから、マイルズが家にいてくれたらいいのに、と思った。彼になら ジェニーのことを相談できる。彼ならきっとわかってくれるわ。

急に彼の声が聞きたくなった。おぞましいザックとつき合っているのはジェニーに遅い反抗期が来ているせいだ、初めて大人の世界に入ろうとして、間違った相手を選んでいるだけだと言ってほしい。

はしかのようなものだからじきにおさまる、最後は円満に解決するさ、という言葉を彼から聞きたい。

そうだわ、フラットに電話して相談してみよう。不安と不吉な予感を正直に話して慰めてもらおう。

ばかだと怒られても構わない、と彼女は思った。

チェシーは書斎で彼のフラットの番号を見つけ、電話をかけた。留守かもしれないと思いつつ、鳴りつづける呼び出し音に耳を傾ける。留守ならあとで電話がほしいと伝言しておけばいいのだわ。

受話器が取られる音を聞いて勢い込んで話し出そうとしたチェシーの耳に届いたのは、「もしもし」という女性の声だった。

間違った番号にかけたのだと思って謝ろうとしたが、声が出なかった。心臓がどきどきして、受話器を持つ手に力が入る。

「もしもし」という声に続いて、女性は言った。「マイルズ……どなた……」

チェシーはあわてて電話を置いた。

気がついた時には床にかがみ、体を抱き締めて荒い息をしていた。どうしよう。神様、どうしたらいいんでしょう――彼女は心の中で救いを求めた。

7

何を期待していたのだろう、とチェシーは自分に問いかけた。マイルズは男よ。男がどんな生き物か、知ってるはずなのに。それに彼は一度だって自分が禁欲主義者だとは言っていないわ。

第一私は文句を言える立場にはない。

二日間チェシーはその言葉を心の中で繰り返しつづけた。あまり何度も繰り返したので、今もそれが頭の中で鳴り響いている。

ただ、疑惑を抱いているのと、実際に事実を突きつけられるのとの間には、大きな隔たりがあった。彼が帰ったらどういう対応をすればいいのかと、チェシーは途方に暮れた。あの手紙はあいびきの約束をするために彼女が書いたものだったのだわ。彼が急いで出かけたのは、一刻も早く彼女に会いたかったからに違いない。

でも、でも、そんな人がいるなら、なぜ私に結婚してくれと言ったのだろう。その女性は料理も、コンピュータを使うこともできず、私のほうが経済的だと思ったのだろうか。

チェシーは涙をキッチンタオルでぬぐった。今度こそ泣く理由がちゃんとある。彼が出ていってから流していた涙は甘ったれていたせいだけど――チェシーは自己嫌悪を覚えた。恐怖も混じっていた。過去につらいことは色々あったけれど、これほど心をかき乱される苦しい思いは初めてだった。

でもどうしてなの？　それになぜ私はこんなに自分を責めているのだろう。彼との間のゲームのルールは初めから何一つ変わっていないのに。

マイルズの申し出は純粋にビジネス上のものだった。私に家事とホステス役を任せたかっただけ。セックスは含まれていないわけではなかっただろうけど、彼の中では重要な問題ではなかったはず。

そうよ、欲求を満たしてくれる愛人がロンドンにちゃんといるのだから。

彼は一度だって愛という言葉は口にしなかった。それに、私は彼のプロポーズを断ったわ。もうじきここを出て、彼とは関係のない人生を送るのだもの。そんな私が、彼に裏切られでもしたように動揺するなんて、ばかげている。彼が何をしたところで、私が傷つくはずはないのに。マイルズも私も、自由の身なんだから。彼に愛人が何人いたって、平気なはずよ。それなのにどうして、こんなに気になるのだろう。

チェシーは厚いステーキを焼きはじめた。普段は料理をすると心が休まるのに、今日は集中しないと作業ができない。泊まりがけで来るマイルズの姉のためにビーフシチューを作るつもりだった。

ある意味ではステフィーに会うのが怖い。また一人、何も知らない人をだますことになるのだから。でも彼女がいてくれたら、禁じられた領域に足を踏み入れて余計な質問をしたくなる気持ちが抑えられるだろうと思うと、ありがたくもあった。

チェシーは頭に渦巻くさまざまな考えを消そうと懸命に働いた。家は花で飾られ、食卓には銀器やクリスタル、キャンドルが整えられた。ミセス・チャブの活躍で、家はラベンダーと蜜蝋《みつろう》の香りに満ちている。

ここをやめる日まではマイルズから文句が出ないように、完璧《かんぺき》に仕事をこなしたかった。婚約者の役をこなすことを含めて、彼が望むあらゆることを指示どおりに正確にやろう。

そうして次の就職先に推薦状を書いてもらうんだわ。

もっとも就職に関しては今のところ展望はない。秘書の求人を探し、二、三件電話をしてみたが、どれも決まったあとだったし、受付のポストは給料が今の四分の一にも満たなかった。それでは家賃とジェニーの月謝が払えない。

オフィスワークを諦《あきら》めて住み込みの料理人兼家政婦の口でも探すほうがいいかもしれない。

「いいにおい」ミセス・チャブがせわしげに入ってきた。「たまにはお客様もいいものですね。ハンター様がお留守だと家が静まり返っているみたいだって、今朝も夫に言ったたんですよ。ほとんどお一人でこもって過ごされているのにね」

そうでないこともあるわ――チェシーは心にずきんと痛みを覚えながら、肉をキャセロールにあける。

「ねえ、ザック・ウッドって子を知っている？」

「ふん、噂《うわさ》は聞いていますよ。あまりいい話は聞きませんけどね。彼がどうかしました？」

チェシーは肩をすくめた。「ちょっと名前を耳にしたものだから。修理工でしょう？」

「らしいですね。トラブルメーカーみたいですよ。子供のころから法律違反すれすれのことをしているようでね。あんな子に修理は頼みたくないですよ」

状況はだんだんよくなると言ったのは誰？　ミセス・チャブを見送ったチェシーは重い気分になった。

前夜、自分の問題はとりあえず棚に上げて、さりげなくジェニーにザックのことをきいてみたのだが、彼女は余計なおせっかいだと怒って、ドアを乱暴に閉めて出ていってしまった。私の力ではどうしようもない、とチェシーは暗い気持ちになっていた。

ワインをキャセロールに加えながら、チェシーは自分がジェニーを過保護にしすぎたのだろうかと考えた。そんな状況から逃げたくて、妹はザックのような不良とのつき合いに走ったのかもしれない。

どこにひかれたのかはわからないが、ジェニーはどうやら本気で彼のことが好きなようだ。愛は盲目と言うけれど、悪い男だということがわからないのだろうか。私は一目見ただけでぴんときたのに。それとも悪い男だからこそひかれるのだろうか。

慎重に対応しなくては。ジェニーは法律的にはもう保護者の承諾なしに結婚できる年なのだから。

私が我慢して彼女の熱がさめるのを待つべきかもしれない、と思いながら、チェシーはキャセロールをオーブンに入れた。マイルズに対する私の思いも、やはり待っていれば忘れられるだろうか。

じりじりする思いで玄関で待っていると、マイルズの車が見えてきた。

チェシーは目立たないように手を後ろにやって湿ったてのひらをジーンズでぬぐい、笑顔を作った。

ステフィー・バーンズはマイルズに負けないくらい背が高くて、そっくりの青い瞳だが、髪は金色に近く、陽気な顔立ちと低い声の持ち主だった。

「あなたがフランチェスカね」電話の声の主がステフィーだったら、というチェシーの望みは彼女の第一声を聞いたとたんに消えた。彼女は親しげにチェシーの手を取った。「弟がでっち上げた架空の女性かと思いかけていたのよ」ステフィーは眉を上げてマイルズをにらむ。

「もちろん実在するさ」ゆとりたっぷりに言うマイルズの口調には、面白がるような響きのほかに、説明しがたい別の何かが含まれていた。クールな青い瞳が心の奥を探るようにチェシーを射抜く。「チェシー、僕は歓迎してもらえないのかな?」

チェシーは赤くなって前に進み出るとぎこちなく頬を差し出したが、マイルズは彼女の顎をとらえて唇にキスをし、少しの間、放そうとしなかった。

「隈《くま》ができているね」口調は優しいが、顔を小さくしかめて彼は言う。「僕がいなくて寂しかったせいだとうれしいけど」

「ほかにどんな理由があって?」こわばった微笑が顔に張りつきそうだったが、彼はやっと手を離してくれた。チェシーはステフィーに言う。「お部屋にご案内しましょうか。そのあとでお茶でも」

「ええ、私、お邪魔だったらしばらく庭をぶらついていましょうか?」

マイルズは姉に笑いかけた。「そんなにあせってはいないさ。ステフィーを案内してくれ、チェシー。僕はその間に郵便物に目を通すから」

二階に上がると唐突にステフィーが言った。「あなたにはとっても感謝しているの。マイルズはあのままでは隠遁《いんとん》者になりかねなかったわ。小説家は孤独な職業だし、彼は仕事以外のことに興味を持とうとしなかったんですもの」彼女はにやりとした。「それなのに

てます」

婚約だなんて。本当にうれしいわ」

チェシーはまた赤くなり、言葉少なに言った。「急にそういうことに……自分でも驚い

「私は結婚して十年になるけれど、今でも時々、隣の枕《まくら》を見て、誰がいるのかしら、と驚くことがあるわ」チェシーがドアを開けるとステフィーは声をたてて笑った。午後の日光が部屋の淡い黄色の壁を明るく際立たせている。「まあ、いいお部屋ね」

「ええ。私も気に入っていました」

ステフィーはすばやくチェシーを見た。「あなたのお部屋だったの？　マイルズからだいたいのことは聞いているの。気にしないでくれるといいけど」

「もちろん」チェシーはわざと明るい声で言った。「そう、私の部屋でした」

「まあ……追い出したのでなければいいけど」

「いいえ。使用人用の棟も快適ですし」

「使用人用の棟？　まあ。てっきりもう一緒に暮らしているのかと思ったわ」

「妹がいますから」チェシーは急に言葉に詰まり、顔が熱くなるのを覚える。「何かと

……」

「妹さんももう大きいから、別々にやっているのかと思っていたけど」ステフィーは肩をすくめた。彼女はバッグからドレスを取り出し、しわを伸ばした。「ここにいる間にお互

いにわかり合いたいと思うからきくのだけど……マイルズの傷のことは気にならない？」

彼女はまっすぐにチェシーを見た。「また同じ羽目になってはいけないと思うから」

「そのことは……彼から聞きました」チェシーは部屋を見回した。「ほかに必要なものはあるでしょうか。荷物を整理されている間に彼と話してきます」

「下に下りる時には大きな足音をたてるわね」ステフィーは朗らかに言った。

チェシーが気持ちを静めて書斎に入ると、窓から外を眺めていたマイルズが振り向いてほほえんだ。

「家はいいな」

その微笑を見てチェシーは心がよじれるような苦しさを覚え、思わず叫び出したくなった。

「姉がいる間は仕事のことは忘れて、婚約者として振る舞ってほしい」彼はじっとチェシーを見る。

「だますのは心苦しいわ」

「僕は平気だとでも言うのかい？」微笑は消えていた。「言わせてもらえば、僕は君にプロポーズしたんだ。芝居をするつもりなんかなかった。茶番を始めたのは君のほうだよ」

彼はその言葉がチェシーの心に届くのを待つように言葉を切った。「一応指輪はしてくれているようだね」

「そうしてほしいだろうと思ったから」

「君が望んではめてくれたらいいと思ったが……」彼は鋭く言ってからため息をついた。

「チェシー、こんなふうになるはずじゃなかった。もう一度やり直さないか？」

「そのほうがいいかもしれないわね」チェシーは無理に微笑を作る。「お姉様、いい方ね」

「同感だ。いやな奴《やつ》なのは僕だけだとわかって、君もさぞ安心しただろう」

彼は疲れているようだ、とチェシーは思う。隈があるし、顔もこわばっている。その原因を想像すると思わずこぶしを握り締めずにはいられなかった。

てのひらに爪が食い込む痛みを覚えながら、彼女は堅苦しい口調で言わずにはいられなかった。「ロンドンは、楽しめました？」息を詰めて返事を待つ。

「打ち合わせは順調だった」悪びれた様子はない。私に忠誠を誓ったわけではないのだから、彼は気にする必要なんかないんだわ――チェシーは下唇をかみ締めた。約束を破ったわけでもないし。

約束は何もない――その言葉がチェシーの脳裏に侵入してきた。私が傷ついているだけ……。

「三年後の予定までびっしりだ」自分の気持ちに驚き、平静を取り戻そうと努めているチェシーに、彼がまた言った。

「次の秘書は忙しくて大変ね」空々しいほど明るく、チェシーは答えた。

「そうだね」彼は目を細めてチェシーを見ると、一歩近づいた。チェシーは挑戦するように油断なく彼を見つめ、後ろに下がる。そんなチェシーの瞳が懐疑をたたえたマイルズの瞳とぶつかった。

沈黙のうちに緊張が高まり、チェシーは神経がぴりぴりするのを覚えていた。

マイルズは足を引きずってソファに近づくと腰を下ろした。「座って何があったか聞かせてくれ。幽霊みたいに青い顔をしているじゃあないか。さあ、僕が君を連れに行く前に、自分でこっちにおいで」

チェシーは仕方なくソファの反対の端に身を寄せるように座った。マイルズの口元がこわばるのを見て、彼がそれに気づいたのはわかったが、自分を守るためにも、これ以上近づくのは危険だった。

「で？」青い目が射るように向けられる。

「ジェニーの……ボーイフレンドに会って……」

「ここに来たのか？」彼は怖い顔になった。

「いいえ、ガソリンスタンドで見たの」

「わざわざ出かけていったのか？」

「いいえ、あの……ハーストレーの帰り道、たまたまアラステアが車に乗せてくれて……買い物をして、雨が降ってきたものだから」

「ご親切なことだね。まあ、古い友だちだからな」

「給油しにスタンドに寄ったら、ザックがいたの」

「それで？」

「最悪の悪夢」チェシーは苦しげにマイルズを見た。「ミセス・チャブの話ではこれまで逮捕されないでいるのが不思議なくらいですって。とても感じが悪い人なの。ジェニーはどうしてしまったのかしら」

「自分とは全然違うところにひかれたのか、それとも罰のつもりなのか……」

「誰に罰を与えるの？」

「自分にも、君にも、世界にもさ」

「このままではジェニーはだめになってしまうわ」

「どうかな。夢はいつかは覚める。僕はそう信じているよ……ほかには何があった？」

「ほかにって……」チェシーは頭を振って豊かな髪で急に熱くなった顔を隠そうとした。マイルズが近くにいるのを意識するあまり、身内が震え、口が乾き、体の奥に経験したことのない妙な痛みが走る。

「わかっているはずだ」彼はそう言うと黙り込み、測るようにチェシーをじっと見つめた。「それに、なまじ君に考えるゆとりをあげたのは間違いだったようだ。君を一人にしておくべきではなかった」

チェシーは浅く息を吸い込んだ。「そんな……それより、私、お茶の用意をしなくては」

マイルズはゆっくり首を振った。「ステフィーは待たしてもいいが、僕は待てない」

立ち上がろうとしたチェシーは手をつかまれ、バランスを崩して後ろ向きに彼の腕の中に倒れ込んだ。

あえぎ、もがいたが遅かった。マイルズは軽々とチェシーを膝の上に抱え上げてしまう。

「これでいい」怒った顔のチェシーにほほえみかけて、彼は唇を寄せてきた。

チェシーはハンマーのように打つ心臓や、急に血をざわめかせて脈打ちはじめた熱いうずきを否定しようとした。だが彼女はマイルズの執拗《しつよう》なキスが、彼の甘い舌先がどれほど刺激的かを忘れていた。

ほてった頬にまつげを落とし、彼女は彼の腕の中で頭をのけぞらせて、いつしか体を添わせていた。

「マイ・ラブ、マイ・スイート・ラブ」肌に唇をつけたまま、マイルズがささやく。

彼のキスはチェシーが応じるのを求めるようにさらに熱くなった。唇が額から頬、唇の端へとキスを繰り返しながら移動し、彼の手は肩を滑り下りてシャツのボタンをはずしはじめた。最後のボタンがはずれると、マイルズは眠たげな青い目で白いレースに覆われたチェシーの胸を見下ろした。

「きれいだ」肩のストラップが下ろされ、むき出しになった白い丘がすっぽりと彼の手におさめられる。

チェシーは小さな声をもらし、骨が溶けてしまったようにぐったりとなった。それなのに神経の隅々にまで熱い火が流れる小さな川があるような感じで、抵抗しようとする最後の気持ちも失われていく。

胸の頂を湿ったぬくもりで熱く燃えさせていた彼の唇がチェシーの唇に戻ると、彼女も情熱的に応じないではいられなかった。腕を首に回しかけ、髪に手を差し込んでマイルズの顔を引き寄せる。

腰に回されていた彼の手がジーンズのボタンにかかり、そして……止まった。

彼は顔を上げ、感情がくすぶったような青い瞳で荒い息をつきながらチェシーを見下ろした。

「チェシー」ろれつが回っていないような、かすれた言葉が喉の奥から押し出された。「僕に何をさせるつもりだ」自分を軽蔑《けいべつ》したように、彼は首を振る。「これまでもずっと二人きりだったのに、よりによって姉が今にも入ってくるかもしれない時に」

ひどく生々しい現実感のある言葉だった。チェシーはぎょっとなって、自分が招いた事態に気づき、あわてて身を起こすと震える手で乱れた服を整えながら、はうように彼から遠ざかった。

「いや、触らないで……」

不信に満ちた沈黙があり、それに続くマイルズの低い笑い声がチェシーを屈辱の底に突き落とした。

「フランチェスカ、さっきは人をだますのは嫌いだと言ったくせに、なんだ?」

彼はゆっくりと立ち上がってソファの腕で体を支え、チェシーを見た。

見かけのクールさとは裏腹にマイルズが怒っていることがわかっても、慰めにはならず、自分の恥知らずな行動が悔やまれる。

そう、私は彼があのまま続けてくれることを願っていた――チェシーは動揺しながらシャツの裾《すそ》をジーンズに押し込んだ。私は何もかも脱ぎ捨てて、彼が求めたらすべてを与えていたわ。

でもそれはだめ。何を望もうと結局はもうすぐ彼のもとを去らなければならない。その時に頭を高く上げ、プライドを傷つけられることなく出ていきたいから、今後は彼との体の接触を一切避けなくては。

彼は優しく謝った。「すまなかった」

「そうよ。あなたにあんなことをする権利は……」

「僕はやりかけたことを途中でやめたのを謝っただけだ」

「今起こったことは全部間違いよ。二度としないで。そうなったらその場で出ていくから」

「そんなに怒ったバージンの真似《まね》がしたいのか」彼は冷たく言う。「まさか僕が最初だなんて……」

マイルズはそこで言葉を切り、突然目を細めて赤くなったチェシーを見つめた。チェシーは視線をそらす。

マイルズの声の調子が変わった。「僕が最初なんだね。アラステアとはどうなっていたんだ？」

チェシーはつんと顎を上げた。「私を大事に思っていてくれたから、いいかげんな気持ちでセックスをしないでいてくれたんだわ」

「僕がいいかげんな気持ちで君を抱こうとしたと言うのか？　とんでもない。今だって真剣に君を抱きたいと思っている。君がなんと言おうと、そのうちに君をベッドに連れていくつもりだよ」

「それはどうもありがとう」チェシーの声は怒りで震えていたが、怒りでもしなければ彼から身を守ることができそうもなかった。なぜなら、マイルズが指で合図するだけで、自分は熱く焼けた石炭の上もためらわずに歩いてしまうとわかっていたからだ。

しかも彼は今朝まで別の女性を抱いていたというのに。神様、私はどこまで情けない女なのでしょうか。ジェニーを責める資格なんかないわ。

チェシーはきっとして顔を上げた。「私、あなたの……セックスのリハビリの相手を務める練習台の一人になるつもりはありませんから」

「どういう意味だ?」怒ると思ったのに、彼は面白がっているような口ぶりだ。

「つまり……私はあなたとは……寝ません」

「誰が眠ると言った?」マイルズに見つめられ、ほほえみかけられると、なぜか服をすっかりはぎ取られたような気分になり、チェシーはそんなふうに感じたことにまたショックを受けた。

彼は背を向けてデスクに戻った。

「さて、そろそろ家政婦に戻ってお茶をいれてきてもらおうか」

歯ぎしりする思いで「はい」と言って、部屋を出たチェシーは、ぐったりと壁に寄りかかった。頭がくらくらし、混乱していた。

彼に恋してしまったと気づくまでに、なぜこんなにも長い時間がかかったのだろう。急に好きになったのではないことはわかっていた。自分では否定していても、彼は大切な人になっていたのかもしれない。雇い主と使用人という関係の陰に真実を隠して、それで十分だと自分をだましていたのだろうか。

それは偽りだった。でも今となってはその嘘《うそ》を続けていくしかないのだ。

ふと見るとブラウスのボタンをかけ違えている。あわてて直していると足音がして、ステフィーが階段を下りてきた。

「あらまあ。歌を歌いながら下りてくるのを忘れていたわ」と言って、彼女はマービン・ゲイの《セクシュアル・ヒーリング》を口ずさみはじめた。

チェシーはこみ上げそうになる涙をこらえて無理に笑い、ステフィーの冗談に応じようと努めた。

8

あそこでステフィーに会ったのは幸いだった。その夜、自分の部屋に戻ったチェシーは思い返した。そうでなければ目を腫《は》らしてお茶を出し、マイルズに心のうちを悟られてしまっていただろう。

だがその一方で、ステフィーがチェシーを家族の一員として歓迎し、温かく接してくれるので、欺くことがますます心苦しくなっていた。

もっとつらいのは、自分でも理解できない、マイルズに対する複雑怪奇な自分の気持ちだった。

二人のつながりは仕事上のものにすぎないと思い、必要以上に彼に近づかないようにしてきたつもりだったが、マイルズ・ハンターのように強いオーラの持ち主と一つ屋根の下に暮らすことにはさまざまな落とし穴があったのだ。気難しい彼につき合うのは簡単ではなかったけれど、それは同時に常に新しい挑戦を求められることでもあり、刺激的だった。四六時中彼の近くにいたことも大きいのかもしれない。

最初、マイルズに対して感謝の気持ちを抱いたせいもあるだろう。もちろん、彼は自分の便宜のためにチェシーを雇ったのだけれど、チェシーにしてみたら、彼がいなかったら、住むところもなくなっていたし、安定した生活も望めなかったのだから。

ベストセラー作家という社会的地位も関係があるかもしれないが、それよりも自分をひきつけたのがマイルズという人そのものだということが、チェシーには直感的にわかっていた。知性だけではない。もし何かの集まりで初めて会っていたら、チェシーはその場で彼に目を奪われ、心ひかれていただろう。

どんなに傷があったって、彼の魅力は損なわれないわ、と思う。傷くらいで彼を捨てるなんて、サンディ・ウエルズはなんて愚かなのかしら。

いろいろな面で彼が持つ魅力は、男性に対して免疫がなかったチェシーを強烈にひきつけたのだ。

どうしたらいいのか思い迷い、答えが見つからないまま、チェシーはまた眠れない夜を過ごしていた。

時間を戻せたらいいのに。原稿を入力し、料理を作る生活に満足して心穏やかに暮らしていた、少し前に戻りたい。でも目の前の塀に取りつけられたドアが開き、その向こうに広がる天国を見せられた今、無邪気だった昔には帰れない。マイルズの腕に抱かれるのがどういうことかを知り、彼の手と唇がどんなに甘美かを味わった今となっては……。

思い出すだけであの感触が恋しくなって、五感に震えが走る。

それほど熱い思いを抱いていても、愛のない結婚をする気にはなれなかった――彼がどんなに女を抱く技巧に長《た》けていても、私に与えられるのは愛のない、功利的な結婚だもの。

怪我《けが》をする前の彼がどんなだったかは知らないけれど、今の彼の心の奥にはチェシーには手の届かない、さめきった何かがある。彼の小説にロマンスがまったく出てこないのもそのせいだろうか。

マイルズは、実生活にも小説にも愛がないことを気にしていない。でも、私は違うわ。彼は私のことを〝マイ・スイート・ラブ〟と呼んだけれど、本気でそう思っているわけではないわ。私をベッドに誘うために言っただけ。

チェシーは寝返りを打って枕《まくら》に顔を埋《うず》めた。明日は少しましかもしれない。マイルズはステフィーを見物に連れ出すことになっている。チェシーも誘われたのだが、色々仕事があると口実をつけて断った。マイルズは疑わしげな視線を向けてきたが、それ以上無理には誘わなかった。だが夜はリネットに招待されている。それは避けるわけにはいかない。

夕食の席で、ステフィーがその話を持ち出した。「マイルズ、マーカムさんって、どんなご家族？　私と気が合うような方たちかしら？」

彼は顔には感情を出さず、そっけなく肩をすくめた。「フランチェスカにきいたら？もともとは彼女の友人だ。僕は知り合ったばかりで、サー・ロバート・マーカムにも、息子さんにも会ってない」

「サー・ロバートは明日も顔を出されないかもしれません。卒中で倒れて、車椅子の生活なのですって。お客様に会える状態かどうか……」

張り詰めた沈黙のあと、ステフィーが静かに言った。「お気の毒に。それに、ご家族も大変ね」

マイルズはよそよそしくほほえんだ。「マーカム夫人はよくがんばっているよ、ね、ダーリン」

「強い方だから」チェシーはさりげなく応じ、私は好きじゃないけど、と心の中でつけ加えた。「お肉のお代わりはいかが？」

私がマイルズの前でサー・ロバートの体のことを口にしたのを、ステフィーはぶしつけだと思ったかしら。怪我のことを思い出させてしまっただろうか。

でも彼とサー・ロバートでは比較にならないわ。マイルズは杖《つえ》こそいるけれど自分で歩けるし、運転も、好きな女性を抱くことさえもできる。サー・ロバートは一生車椅子生活かもしれないのに。

なぜマイルズはリネットの招待に応じたのだろう。断ってくれたらよかったのに。あらゆる意味で……。

翌日の夜が来た。買ったばかりのドレスに着替えながら、チェシーは相変わらず気が重かった。絹を思わせる深緑の生地にクリーム色のデージーの模様が飛んでいるドレスは、袖《そで》なしで、膝下丈のスカートの裾《すそ》がふんわり広がっている。

久しぶりに買ったドレスに心が弾み、チェシーは鏡の前でくるりと回転してみた。自分が以前と別人のように見えるのはドレスのせいだけではなく、心に秘密を持つようになったためかもしれない。

クリーム色のサンダルとバッグがあったのを思い出して引っ張り出し、引き出しの底から同じ色のショールを見つけ出して肩にかける。

準備はできた。これから行く先に何が待っているかわからないけれど。

「きれいよ」エレガントな黒のドレス姿のステフィーがほめてくれた。「ねえ、マイルズ」

「うん。初めて見るドレスだね」

「この間ハーストレーに行って買ったの」

「ハーストレーで。いろいろなことがあった日だったんだね」彼の目は笑ってはいなかった。

「行ったかいがあったわね」ステフィーは朗らかに言う。「私の家のそばにはろくな店がなくて、服を買うにはロンドンに出なくてはいけないの」

ステフィーののんきなおしゃべりを聞きながら、三人はウェンモア・コートまで車を走らせたが、チェシーは自分でも恥ずかしくなるほどマイルズの存在を意識しながら、黙り込んでいた。

館《やかた》の窓という窓に明かりがともされ、クリスマスツリーを見るようだ。紺の制服を着せられたミセス・カミングスに案内された客間では、夫人が笑みをたたえて待っていた。体の線もあらわな真紅のドレス姿で、口紅とマニキュアを同色で合わせている。

熱帯のジャングルに咲く花のようだわ、とチェシーは思った。毒のある花……。

「まあマイルズ、ようこそ」蜜《みつ》のように甘ったるい言葉がその唇から流れ出した。「こちらがミセス・バーンズ？　ステフィーとお呼びしてもいいかしら。私のことはリネットと呼んでくださいな。あら、チェシー」つけ足しのように彼女は言った。「アラステアに用だったら、お父様の部屋よ」

チェシーはそれを無視して静かに尋ねた。「サー・ロバートはいかがですか？」

「前にも言ったようによくなってはいるようよ。看護婦の話ではね」彼女はみんなに向き直る。「問題は決裁ができないことなんです。弁護士が権限の代行者について緊急で手続きを進めているんですけど、本当に不便だわ……」

まるで美容院の予約の話をしているような言い方だわ、とチェシーは嫌悪感を覚えた。

リネットがまたチェシーを標的にしてきた。「チェシー、西棟に行ってアラステアを呼んできてくれる？　ブルー・ルームにいるわ」

使用人扱いされて、チェシーはショックを受けた——婚約指輪をしていても、私をマイルズの家政婦としか思っていないのね。

怒りを押し殺そうと努めながら、チェシーは病室におもむいた。卒中の患者は興奮させてはいけないと聞いているので、リネットの尊大な態度にいらだつ気持ちを病人の前で見せたくなかったのだ。

ちょうど病室から、白い布をかぶせたトレーを手にした中年の看護婦が出てくるところだった。「何か?」眼鏡の奥の瞳を鋭く細めて彼女はきいた。

「フランチェスカ・ロイドといいます。マーカム夫人から息子さんを呼んできてと頼まれて……」

「チェシー?」アラステアの声がした。「入って」

チェシーは大きく息を吸い込んで部屋に入った。

ショックは覚悟していたが、車椅子にもたれた昔の面影もないサー・ロバートの姿はチェシーの想像を超えていた。一瞬ためらったのち、彼女は自分を励まして微笑を浮かべ、前に進み出る。

「お父さん、チェシーだよ。チェシー・ロイドだ」

「こんばんは。覚えていらっしゃいますか?」

落ちくぼんだ瞳がいぶかしげに上げられ、光が一瞬宿ったかに見えた。ゆがんだ唇から言葉にならない音がもれる。彼女は椅子を引き寄せて病人の前に座り、力のない手に手を重ねた。「おかえりなさい」

チェシーはサー・ロバートの留守に村で起きた様々な出来事を取りとめもなく語ったが、その間、彼の瞳が怒りと悲しみをたたえて自分の顔に注がれていることを意識していた。

やがてアラステアがいらだったように口をはさんだ。「チェシー、もう夕食の時間だから」

チェシーは驚いたように目を上げる。「でも」

「看護婦のテーラーさんが父を寝かそうと待っているし、第一何を話してもわかっていないよ」

「なぜわかるの?」チェシーはまたサー・ロバートの手を握った。「またお見舞いに来ますから」

出ていく前にもう一度振り向くと、病人の視線はまだチェシーに向けられていた。行かないでほしい、と訴えているように見えたのは気のせいだろうか。

外で無表情に待っていた看護婦にチェシーはほほえんだ。「日課を乱してしまってごめんなさい」

「いいえ。ご病人も喜ばれているでしょう」看護婦は声を落として続けた。「おっしゃったように、はたで思うよりずっとよくわかっていらっしゃると思いますよ」彼女は去っていくアラステアの方に意味ありげな視線を投げた。

追いついたチェシーに、アラステアはばかにしたような目を向ける。「君がナイチンゲールのような人だとは知らなかった。怪我をしたフィアンセの看護をしているうちにそうなったのかな?」

チェシーはあきれて彼を見つめた。「ひどいことを言うのね。あなた、どうしてしまったの?」

彼は肩をすくめた。「ごめん。ちょっといらいらしていたんだ。正直言ってお父さんを家に連れて帰ったのは間違いだった。誰にとっても」

「でもそれがお父様の希望だったのでしょう?」

「二度目の発作が起きる前のね」

「まあ……知らなかったわ。でも住み慣れたご自分の家に帰れたのだから、きっと……」

「看護婦が何を言っても、父は自分が家に戻っていることがわかっていないと僕は思っている」アラステアは憂鬱《ゆううつ》そうに言った。「まあ、父の世話は彼女に任せておくさ、それが仕事なんだから。生きていれば希望があるとか言っているけど」

「そうよ、奇跡的な回復をする人だっているわ」

「どれだけ金がかかると思う?」アラステアはまたいらだちを見せた。「この家はそうでなくても金食い虫だ。スペインに行く前に売ればよかったのに。ホテルやヘルス・スパから引き合いもあったんだ。早く手放すべきだと僕は思ってる。父の権限を代行できるようになったら、すぐ売るつもりだよ」

「マーカム家に代々伝わるお屋敷なのに」

「次の代のマーカムには違う計画があるのさ」青ざめ、涙を浮かべるチェシーを見て、彼は口調を和らげた。「チェシー、施設にいるほうがずっといい看護が受けられるんだよ」

「そう？　でもお父様はきっと家を売るのはおいやだと思うわ」声が詰まった。「前はあんなにお元気で、家も仕事も精力的に仕切っていらしたのに、車椅子に縛られているなんて……見ていられないわ」

アラステアはチェシーを引き寄せた。「かわいそうなチェス。でも僕もつらいんだ。みんなのことを考えないといけないからね」

みんな？　それはあなたとリネットのこと？

悲しい気持ちになっていたチェシーは急に見られている気配を感じてあたりを見回した。廊下の端に杖に支えられてマイルズが立ち、無表情でチェシーとアラステアを見つめていた。

チェシーはあわてて体を離す。顔が赤いのがわかった。「アラステア、紹介するわ。フィアンセのマイルズ。マイルズ、アラステアよ」

マイルズは足を引きずって近づいてきた。「はじめまして。夕食の用意ができたそうですよ」

「お待たせして、失礼しました」アラステアはクールなマイルズの言葉に愛想よく応じた。「彼女と話があったので」と言いながら親しげにチェシーに微笑を向ける。「早く行って義母《はは》に謝らないと」

チェシーとマイルズを残して彼は姿を消した。

緊張をはらんだ無言の時間が二人の間に流れた。

「今のこと、誤解しないでね」やがてチェシーが怒ったようにささやいた。

「君は人の心が読めるのかい？ 僕が何を考えたか、なぜわかる？」軽蔑《けいべつ》するように彼は言った。

「心は読めなくても想像はつくわ。でもそれは勘違いよ。彼のお父様の状態を見て、私、動揺してしまったの。それだけ」チェシーは手で涙をぬぐった。「昔を知っているだけに、今のあんな姿は……」

「悪かった」長い沈黙のあと、マイルズが静かに言った。「つらかっただろう」

チェシーは顔を上げて無理にほほえんだ。「大丈夫。お化粧を直してくるわ」

食卓についてもチェシーの気持ちは晴れなかった。話すのはもっぱらリネットで、スペインの快適な生活を捨てる羽目になった経過や、どれほど戻りたいと思っているか、が話の中心だった。

ウェンモア・コートが高く売れて、サー・ロバートを施設に入れたら、すぐに戻れるわ、とチェシーは苦々しい思いで考える。

ため息をついて目を上げるとマイルズが考え込むようにじっと自分を見ていた。ほほえみを向けたが、彼は笑い返してはくれず、代わりにリネットにスペインの不動産についての陳腐な質問をしはじめた。

チェシーは唇をかんでアラステアに向き直った。「夏のパーティは開くつもりなの？」

彼はチェシーにワインを勧め、断られると自分のグラスを満たした。「うん、計画する時間がないから慣例の昼間のバザーはやめて、夜のパーティだけだけど」

私が一度も招かれなかった夜のパーティ……。

「そうそう」リネットはまつげをぱちぱちさせて色っぽくマイルズに笑いかけた。「パーティはチャリティが目的ですの。有名な方に夕食会でスピーチしていただこうと思うんだけど、お願いできないかしら。ほんの十分ほどでいいの。いかが、手伝っていただけない？」彼女はマイルズの腕に手をかけた。

「申し訳ない。寄付なら喜んでしますが、スピーチはしない主義でして」マイルズはきっぱり言った。

「まあ、来るのはご近所の方たちだけですから、そんなに恥ずかしがらなくても大丈夫ですわ」

チェシーは息をのんだが、マイルズは動じるふうもない。

「ありがたいお言葉ですが、お断りします。それにそのころはほかの予定が入るかもしれませんし」

「まあ、そう」リネットは大げさに肩をすくめた。「気が変わられたらいいけれど、そんなことは望めませんわね」

「ええ、無理だと思いますよ」マイルズは穏やかに言って、話題を変えた。

彼はほかにどんな予定があるのだろう、とチェシーは一人思いを巡らした。

「本当にあなたのお友だちなの？」ステフィーが皮肉を交えてチェシーに尋ねた。

食後、女性二人は、〝お化粧直しに〟とリネットの寝室に案内され、それがすんだら客間に戻るようにと言われていた。

「いえ、あの……」チェシーは口紅をいじりながら答える。「卒業した年の夏に一時期アラステアと仲がよかったというだけで……」

「まあ、真剣におつき合いしていたの」

「私はそう思っていましたけど、今思えばたわいのないつき合いでした。彼がアメリカのビジネススクールに行かされて、自然消滅しました。お父様も賛成してくださっていなかったようで……」

「そう。それで夕食の前に彼とあんなに長いこと話していたの？」さりげない口調だった。

「いいえ、サー・ロバートにお話ししていたんです。私のことがわかっていただけたような気もするんですけれど、動くことも話もおできにならないので」

ステフィーは長い間黙っていたが、やがて言った。「よくわかるわ。お気の毒に」彼女は急にため息をついてチェシーの手を取った。「で、妖艶《ようえん》なマーカム夫人のほうはどうなの？」ステフィーは批判的な目で豪華な部屋を見回す。「こういうのを貴婦人の寝室って言うのかしら。天蓋《てんがい》つきのベッドにふかふかの絨毯《じゅうたん》。映画のセットみたい。二人用のバス。誰と入るのかしらね」

「前はご主人とだったのでしょうけれど」だがサー・ロバートがここでリネットと親密な時を過ごしている場面がチェシーにはどうしても想像できない。

「サー・ロバートの病状をマイルズに話したの？」

「ええ、動揺しているところを彼に見られてしまったし……。どうしてですか？」

ステフィーはまたため息をつく。「いやなことを思い出したかもしれないと思って」彼女は少しためらった。「なぜ片足を引いているか、聞いた？」

「いいえ」

「事故のあと、金属片を取り出す手術を受けたのだけれど、背骨のすぐ脇《わき》にまだ一つ残っているの」ステフィーはつらそうな表情になった。「取り出すのは難しいのですって。五十パーセントの確率で体が麻痺《まひ》してしまうと言われたの。弟は精神的に落ち込んでいたし、サンディはヒステリー状態だったから、結局取り出さずにそのままになっているわ。触れるのがためらわれる微妙な話題なんだけど」

「……話してくださってうれしいです」

「でもそれは以前の話だし、今の弟には未来が、あなたとの将来があるから……。でも彼が話さない限り、あなたから口にする必要はないのよ」

そう、私が口をはさめる話ではない、と思いながらチェシーはステフィーに従って下に下りた。

早く帰りたかったが、パーティはまだ終わりそうにない。客間に戻るとリネットはマイルズにぴったり寄り添って、しきりに腕に触れながらひそひそと耳元に何かささやいているし、アラステアは不機嫌な顔でグランドピアノの上の楽譜をいじっていた。

「チェシー、これを覚えている？」彼が楽譜を取り上げたので、チェシーは仕方なくピアノに近づいた。「よく一緒に弾いた曲だ。ね、弾いてみないか？」

「だめよ、もう何年も弾いていないもの」

「大丈夫だよ」彼はスツールを置き直す。「さあ」

「そうよ」とステフィーが口を出した。「マイルズ、フィアンセがピアノを弾けるのを知っていた？」

彼はシニカルな笑いを浮かべる。「いや、でも彼女には秘密が色々あるからね」

チェシーは唇をかんでアラステアの隣に座った。かなり高度な技術のいる連弾の曲だったが、弾いていくうちにだんだん指が慣れてきた。

「ほらね」拍手を受けるとアラステアは自慢そうに笑いかけた。「完璧《かんぺき》なハーモニーだ」

チェシーは悲鳴をあげたい気分だった。


「あーおかしかった」帰りの車の中で、ステフィーが言った。「マーカム夫人にずいぶん気に入られたものね、マイルズ。未亡人になった時の予行演習でもしているつもりだったのかしら」

「いや、その準備はとっくにできているだろうよ」

家に戻るとステフィーは、神経が興奮すると寝られないからとすぐに部屋に引っ込んでしまった。

「チェシー、君は？　興奮で眠れないかい？」

「どうして？」

「色々あったから。君の名演技も含めて」

「あんな下手なピアノ……」

「僕が言いたいのは連弾のことじゃない」

「はっきり言って」チェシーは急に激しい調子でマイルズに向き直った。「もうたくさん。あのいやな女に鼻であしらわれて」彼女は熱くなって続けた。「尊敬していた人が苦しんでいるのを見せられて、そのうえお屋敷は売られてしまう……そして」自分でも驚いたことに、涙があふれてきた。

マイルズはあきれたように「おやおや」と言いながらチェシーをソファに座らせてハンカチを渡し、しゃくり上げている彼女にブランデーを運んできた。「飲みなさい」

横に座ってくれたら、しがみついて思う存分泣きたかったのに、彼は向かいのソファに座った。

しばらくすると彼は言った。「君はサー・ロバートのことを本当に気にかけているんだね」

「自分でも知らなかったけれど、そうみたい」チェシーはブランデーを少し口にした。

どう説明すれば、サー・ロバートが以前の彼ではなくなり、体が服の中で縮んでしまったように見えた、あの気持ちがわかってもらえるだろうか。あのお屋敷は彼の家なのに、厄介者のように押し込められて……。リネットはスペインに、アラステアはロンドンに戻りたいのだわ。ひどい人たち。

でも動揺した理由は何より、車椅子に縛られたあなたの姿を連想させられてしまったからら。愛するあなたがああなったらと思うと、耐えられなかった。それは決して口にはできないけれど……。

チェシーはグラスを置いて立ち上がった。「ごめんなさい。ばかみたいね。もう寝ます」

「おやすみ」と言って立ち上がったマイルズを見たとたん、チェシーの胸に彼に対する熱い思いが洪水のように一気に押し寄せた。

「あなたと寝てもいい？」自分がそう言うのが聞こえる。

彼は黙り込んでいたが、やがて静かに言った。「いや、それはやめたほうがいい」

チェシーはほほえもうとしたが、代わりに顔がゆがむのがわかった。「私を……ほしくない？」

「逆だ。だからこそ、君が今夜求めている安らぎはあげられない。君は自分で自分が何を言っているのか、わかっていないんだ。フランチェスカ、僕は聖人ではないし、経験のない女性を親切に手ほどきしてあげる気分でもない。僕は今夜、全然違う気分なんだ。面倒を抱え込むのはごめんだ。わかるね」

「……ごめんなさい」チェシーは濡《ぬ》れたハンカチを手の中で握り締めた。感情が麻痺して何も考えられないが、じきに一気につらい思いが襲ってくるだろう。だから一人になりたい。彼にそれを見られるのはいやだから。

チェシーはマイルズを見て、意味なくかすかな微笑を浮かべた。「あの……おやすみなさい」

早くここから出ていかなくては。そうしないと、彼の前にひざまずいて、私をこの場で抱いて、と言ってしまうかもしれない。

「チェシー」マイルズの声が急にかすれて低くなった。「わかってほしいんだ……」

「ええ。それ以上言わないで。二度とあなたにこんな気まずい思いはさせないようにします」

立ち去るのは思ったより簡単だった。足を交互に動かしてドアまで行けばよかったのだから。

だがドアを後ろ手に閉めたとたんに、チェシーは耐えきれずにこぶしを唇に押し当てて走り出した。

9

普通なら日曜はマイルズに煩わされずに自由な時間を過ごすのだが、ステフィーが泊まっているのでコーヒーをいれてランチを作り、午後には送り出さなければならない。しかもその間ずっと、心が死にかけていることを隠していなければならないのだ。

どんな顔でマイルズに会ったらいいのだろう。昨夜、チェシーは屈辱感に打ちひしがれて逃げ出し、気持ちの整理がつかないまま、部屋を歩き回って夜を過ごした。

奇妙なことに、一番チェシーを打ちのめしたのはマイルズの優しさだった。婉曲《えんきょく》な言葉でチェシーを拒んだのは彼の気遣いの表れなのだろう。

性的な欲求を満たすならもっと好ましい相手がいる、とはっきり言われたほうがましだっただろうか――考えると胸がかきむしられるように苦しかった。

だが疲れきった体とまだ色々な考えがぐるぐる回っている頭をベッドに横たえる前に、チェシーはいくつか大事な決意をしていた。

第一番目の、一番大切な決意は、二度とばかな真似《まね》はするまい、ということだった。何も与えてくれない男に哀願しても、プライドがずたずたになるだけだ。二番目の決意は、ジェニーが大学に入ったらすぐにでもこの土地を離れて新しい生活を始めるということだった。そして今の生活を忘れるのだ。

簡単ではないだろう。たとえ外国に行っても、ブックスタンドの前を通れば必ずマイルズ・ハンターという名前が目に入り、彼と過ごした短い月日の思い出が心に鋭い爪を立てるに違いない。

でも時間がたてば徐々に慣れて、遠い先のいつか、彼のことなど気にもならなくなる日が来るわ。

チェシーは部屋を掃除してシャワーを浴び、紺のスカートと対の半袖《はんそで》ブラウスに着替えた。洗いたての髪を後ろでまとめ、銀のヘアクリップで留める。

これからは何事もビジネスライクに、てきぱき片づけるわ。そして彼からは遠ざかっていよう。

母屋の書斎のドアは閉まっていた。中からタイプライターの音が聞こえる。

ステフィーは客間のソファに寝そべっていた。分厚い日曜版の新聞が周りにちらばっている。

「日曜は安息日だと思ったのに、弟は夜明けと同時に、恨みでもぶつけるみたいにタイプを叩《たた》いているわ」彼女は物憂げに不平を言った。

「小説が佳境に入っているんですわ」

「そうかしら？」ステフィーは猫のようなしのびやかな微笑を浮かべ、「全然違う理由だと思うけど」と言ってチェシーを見た。「けんかでもしたの？」

「そんなこと、ありません」

「かつてのミス・なんだかが、マイルズに色目を使ったことに文句を言わなかった？　彼は彼で、御曹司があなたに親切すぎるのが気に入らなかったのでしょ？」ステフィーは天井に目を向けた。

「マーカム家とは昔からのおつき合いですしマイルズも……わかってくれていると思います」

「そうかしら？」ステフィーの声には辛辣《しんらつ》な響きがあった。「だとしたら、弟は私が知らない間にずいぶん包容力を身につけたのね」

「誰でも年を取れば変わりますから」チェシーは困ったようにちょっとほほえんだ。「コーヒーはここにお持ちしましょうか？」

「くちばしをはさむなと言いたいの？」ステフィーはソファから身を起こした。「でも、構わなければキッチンに行かせて。マイルズにどれほど包容力があるか知らないけど、私には邪魔をされたくないようだから、お昼を作るのを手伝うわ」

彼女はチェシーの肩を叩いた。

「そんなに心配そうな顔をしなくてもいいのよ。今日はもう尋問はおしまいだから」

ステフィーは台所に入るときびきびと働き、手際よく支度を手伝ってくれながら、レシピのことや、家族の好みがばらばらなので献立を立てるのに困ることなどを、楽しそうに話した。

「私、お邪魔かしら？」突然彼女はおしゃべりをやめて尋ねた。

「そんなこと、ありません」チェシーはほほえむ。「料理をしている時におしゃべりをする相手がいるのは珍しいんで、戸惑っているだけですわ」

「妹さんは？」

「とんでもない。台所になんか近づきません。大学に行ったらどうするんだか」

「飢え死にすることはまずないから大丈夫」ステフィーは言葉を切った。「お昼は妹さんも一緒に？」

「いいえ。試験勉強をすると言って友だちの家に行きました。明日から試験なんです」本当であることを祈りたかった。あれ以来ザックの話題はジェニーとの間でタブーになっている。

ステフィーに話してアドバイスを求めたいと思うけれど、たぶん二度と会わない彼女にそんなことを言っても仕方がないだろう。

人生って本当に不公平だわ——チェシーは恨めしく思いながらにんじんの皮をむく。友だちになれそうな女性に会っても、すぐにまた別れなければならないんだもの。

「さてと、そろそろシェリーでも飲みますか」準備が整うとステフィーがうれしそうに言った。

「私は結構ですから」チェシーは急いで断った。「ここを片づけている間にマイルズに声をかけてきていただけますか?」

サンデー・ランチの献立は、カリフラワーのクリームスープ、ヨークシャー・プディングを添えたローストビーフとつけ合わせの野菜、食後のレモン・メレンゲパイだった。並べられたごちそうからはいい香りが漂っているが、チェシー自身は食べることなど考えるのもいやな気分だった。

ドアのところからマイルズが声をかけた。「フランチェスカ、また逃げ出そうと思っているの?」

彼の方を見ようともせず、チェシーはこわばった口調で応じた。「ランチをお出ししようとしているところです。私は家政婦ですから」

「ランチなんかどうでもいい。僕らはちゃんと話をする必要がある」

「話すことなんかありません」

「いや、説明したいことが……」

「結構です。説明も同情もいりません。間違った相手を好きになるのはよくあることだし、そのうちに立ち直れますから」

「じゃあ、だめだとわかったんだ」なぜか驚いたように彼は言う。「それを……受け入れるんだね」

「もちろんです」チェシーは温めたボウルにスープを注いだ。「でもそれはゆうべのことでわかったんじゃありません。前からわかっていたわ」

「君を傷つけるのが怖かった。だが傷つけてしまった。僕は一生後悔するだろう。忠告するが、フランチェスカ、二番手で手を打つ必要はないんだよ」

「貴重なアドバイスに感謝します」チェシーは彼にちょっと笑ってみせる。「アドバイスがほかになければステフィーを食堂に案内していただけます?」

マイルズが一歩進み出たので、一瞬チェシーは彼に触れられるかと思って動揺した。少しでも触れられたら、心が粉々に砕けそうだったから。

「だめ」とかすれ声で言うと、彼女は青ざめた顔で彼を制した。

マイルズは動きを止め、ショックを受けたように口を開ける。

憔悴《しょうすい》したような表情の彼を見て一瞬心臓が止まりそうになったが、チェシーはすぐに自分を制してスープ皿をトレーにのせた。「ステフィーを食堂に……」声が自分のものではないように聞こえる。

マイルズは黙って出ていき、彼女はそれに続いた。

最悪の食卓になりそうだった。マイルズの顔は石像のように険しいし、チェシー自身はナイフの刃の上でバランスを取っているような気分だった。

ステフィーはそんな二人をちらりと見やり、昔雑誌社に勤めていたころ、有名人をインタビューした時の逸話を面白おかしく話しはじめた。

さすがにマイルズも表情をゆるめて聞いているが、ほとんど会話に参加しない。だが、仕事をしている時に彼がデスクの前を離れること自体、珍しいことだった。普段ならローストビーフでサンドイッチでも作らせて、書斎で食べるところなのに。

チェシーは食べ物を無理に流し込み、給仕をし、ほめ言葉に礼を言ったが、心は冷えきり、麻痺《まひ》したようだった。どうしよう。もうすぐステフィーはいなくなって彼と二人になってしまう。

そう思ったとたん、ステフィーが腕の時計を見た。「そろそろ駅に行かないと。エイリアンに誘拐されたかと家族が心配するわ」

彼女は玄関でチェシーを抱き締めた。「マイルズにも言ったけれど、近々二人で遊びに来てちょうだい。家族に紹介するわ」彼女は声を低めて続けた。「大丈夫。すべてうまくいくから」

チェシーは必死に微笑を浮かべて、手を振りながらマイルズが運転する車を見送った。

ドアを閉めると、待ちかねたようにあと片づけに取りかかり、食堂も客間もすっかり元のとおりにする。

マイルズが帰るまでにここを出なければ——その言葉が呪文《じゅもん》のように頭の中で鳴り響いていた。

仕事が終わるとチェシーは急いでジーンズとシャツに着替え、館《やかた》の裏手の森に入っていった。

枝のすき間から日の光が差し込み、鳩《はと》が鳴いている。チェシーはポケットに手を入れて早足で丘をのぼっていった。頂上に立つと木々の間に館の屋根が見える。

あの館を去るのは耐えがたいと思った時もあるけれど、今は一刻も早く出ていきたい。思い出も、物のように置いていかれたらいいのに。でも思い出は心の痛みと同じで、一生消せないのだわ。たとえ地の果てまで逃げたとしても。


「ウェンモア・コートに不動産屋が査定に来たのですって」ミセス・チャブが首を振った。

「マダムは売りに出すつもりですよ。サー・ロバートがお元気だったらそんなことはさせないのに」

「よくなってるのでしょう。今は運動療法をしていらして、手と腕が動くようになったって聞いたわ」

「でもコートを救うのにはとても間に合いませんよ。元気になられることを望んでない人たちもいるし」

「ミセス・チャブ、そんなこと言うものでは……」

「だってそうなんですから。看護婦の話ではお見舞い客もほとんどいないそうですよ。あなたと、それからミスター・ハンターのほかには」

コーヒーをいれていたチェシーはもう少しでお湯をこぼしそうになった。「マイルズが?」思わず叫んでしまってからはっとして感情を押し隠す。

「定期的に見えて、新聞を読んだりしてくださっているようですよ」彼女は鋭い目でチェシーを見た。「ご存じなかったんですか?」

「聞いたかもしれないけど、忘れていたわ。ミスター・ハンターは私にいちいち行動を報告する必要はないもの」

そう、彼には私に言わないことがたくさんある、と悲しい思いで考えながら、チェシーはコーヒーを書斎に運んだ。

最近の二人は以前の仕事の上だけの関係に戻り、マイルズは礼儀こそ正しいがそっけない態度で、チェシーを寄せつけなかった。これでいいのだ、と何度も自分に言い聞かせたが、チェシーの心の痛みは軽くはならなかった。

時々、この二週間ほどの出来事が夢だったのではないかと思うこともあるが、アクアマリンの指輪はまだ薬指にはめられているし、何より傷ついた心が夢ではなかったことを物語っていた。だが幸い、物思いにふけっている暇はなかった。

マイルズは小説を仕上げるための追い込みに忙しく、これまでにないほどのペースで仕事をしている。訂正や書き直しを何度も繰り返すので、チェシーも今までになく仕事に追われていた。

でも彼は仕事だけしているわけではない、とチェシーは心の中でつぶやいた。あれから二度もロンドンに行き、そのたびに泊まってくる。休養とレクリエーションを一度に取っているのだろうが、残されたチェシーはそのたびに想像に苦しめられて眠れない夜を過ごしたのだった。

玄関ホールまで来るとベルが鳴ったので、チェシーはトレーをサイドテーブルに置いてドアを開けた。驚いたことに立っていたのはリネットだった。

「マイルズは?」彼女はさっさと入ってきた。「あら、いるのね」コーヒーポットに目を留めて言う。「ちょうどいいわ。私が持っていくから」

「でも仕事中ですから、邪魔をすると怒られます」

「ばかを言わないで。独り占めしようとしてもだめよ」彼女はさっさと書斎のドアを開けて中に入っていった。チェシーは恐る恐るあとに続く。

「マイルズ」にこやかに甘い声で彼女は言った。「あなたはお忙しくて、私に会っている暇もないとチェシーは言うのだけれど、そんなことないわね」

「これは光栄ですね」マイルズは杖《つえ》に手を伸ばして、おぼつかない足取りで立ち上がる。「フランチェスカ、カップをもう一つ持ってきてくれ」

「二つあります。私はあとでいただきますから」

「待って、チェシー」リネットは優雅なしぐさでソファに腰を下ろし、「あなたにも関係があることなの」と言ってバッグから封筒を取り出して、恭しくマイルズに渡した。「パーティの招待状よ」

「それはそれは」マイルズは眉を寄せた。「郵便局はストでもしているんですか？」

「いいえ、ぜひ来ていただきたいから、自分で持ってきたのよ。このところお目にかからないけれど、隠遁《いんとん》でもなさっているの？」

「いや、お宅には何度も伺っていますよ」マイルズは愛想よく言い返す。「なぜお会いしないのかな」

リネットがまごつくのを見て、チェシーはいい気味だと思ったが、彼女はすぐに態勢を立て直した。「パーティの準備であちこち駆け回っているものですから。くじ引きを余興にしようと思うんですの。そこでお願いなんですけれど」彼女はいたずらっぽくマイルズを見た。「サインしたご本を寄付していただけないかしら」

「喜んで。今差し上げましょうか？」マイルズは本棚からハードカバーを一冊抜き出し、サインをした。

「うれしいわ。あとはくじを引いてくれる有名人を連れてくるだけ」彼女は言葉を切った。「サンディ・ウエルズはどうかと思うのだけど」

マイルズは無表情に彼女にコーヒーを差し出した。「あなたのパーティですからお好きなように」

「彼女には長い間会っていませんの。結婚がうまくいっていないから、なんとかして仕事を軌道に乗せようとしているらしいけど」リネットはマイルズの顔をのぞき込んだ。「頼んでいただけないかしら?」

チェシーは息をのんでマイルズの顔を見た。

「それなら彼女のエージェントのジェリー・コンスタントに連絡なさればいい」彼は無表情に言った。

リネットはまたため息をついた。「そうですわね。まあ、本当に彼女に頼むか、よく考えてみますわ」彼女は顔をしかめてみせる。「本当に準備が大変。ミセス・カミングスは役に立たないし。それでチェシーにお願いがあるの。お料理を手伝ってもらえないかしら。簡単なものでいいのよ。ビュッフェ形式でするんだから。細かいことは二、三日中に知らせるわ」

「お忘れのようですが」マイルズが口を出した。「チェシーは僕に雇われているんですよ」

「あら、だって、そんなに忙しいわけではないのでしょう? なんだかよくうちに来ているという話も聞いていますわ。ちょっとの間、手伝うくらいは」

「残念ですがそれは困ります。チェシーがパーティに出たいと言うなら、僕の婚約者として出てもらいますが」彼は挑むように眉を上げ、青い目をチェシーに注ぐ。「ダーリン、君は行きたいかい？」

「もちろんよ」チェシーは静かに答えた。サンディが来るのなら、なおのこと……。

リネットは私たちの仲を裂こうとしているんだわ。マイルズはサンディの結婚がうまくいっていないことを知っていたのかしら。

チェシーはマイルズに来た差し出し人不明の手紙のことを、急に思い出した。ロンドンの彼のフラットで電話に女性が出てきたことも。あれはサンディだったのだろうか。彼とよりを戻したせいで、結婚が破綻《はたん》しかけているのだろうか。

どんなに知りたくても、マイルズにはきけなかった。おぞましい嫉妬《しっと》が毒を塗ったナイフのようにチェシーの心をえぐる。

「ホワイトハートに料理を頼んだらいかがです？」マイルズが提案した。

「そんなゆとりはありませんわ」リネットはぴしゃりと言う。「看護婦や運動療法士に払う費用もばかになりませんのよ。しかもちっとも効果がなくて」

「そうでしょうか。看護婦さんはご主人の回復はめざましいと言っているようですが。しかもお宅の看護婦さんは卒中の権威、ケンジントン・ファウンデーションの有名なフィリップ・ジャックス博士の下にいたベテランだというじゃあないですか」

怒りのあまりリネットの頬に赤い斑点《はんてん》が浮かび上がった。「それはそうですけれど、私、気の毒なロバートをぬか喜びさせたくはないんですの」

「そうですね、それは残酷だ。しかし看護婦さんは回復のチャンスは十分あると言いましたが。さて、ほかに何か。コーヒーをもう一杯いかがですか？」

「いいえ、忙しいので失礼。来週、パーティで」

招かれざる客を送り出して戻ってくると、マイルズが招待状を眺めていた。

「いったいどんなパーティなんだい？」

「以前は午後にお屋敷の敷地に色々な団体が出店を出して、バザーのようなこともしたのだけれど、今回は芝生にテントを張って、飲み物と夕食を出すだけですって」

「君は料理を手伝うことはないよ」

「ええ、でも私としては手伝ってもよかったのよ」

「高いチケットを買うだけで寄付は十分だ」彼は封筒をテーブルの上に放《ほう》り出した。「フランチェスカ、自分を安く売るんじゃあない」彼はチェシーをじろりと見た。「ところで、次の仕事はどうなった？」

「いくつか候補があるんですけど」

実際は二件の派遣会社で断られ、今朝新たに断りの手紙をもらったところだった。

「そうか」マイルズはすでにデスクについて、タイプライターに紙をはさんでいる。仕事のことを考えているのだろうか、それとももっと個人的なこと？　色々な疑問を抱きながら、チェシーはドアのところで足を止めた。

彼女の視線に気がついたのか、「何か？」とマイルズは顔を上げたが、その声には、余計な詮索《せんさく》はするな、という調子が含まれていた。

「あの……サー・ロバートのお見舞いにいらしているなんて、知らなかったわ」

「最初はご挨拶《あいさつ》をしておこうと思って行ったんだ。ディナーの時に挨拶できなかったから」彼は唇を固く結んだ。それで？　「たまたま看護婦の休憩時間だったが、代わりが来ないから僕が代役を申し出た。何かそのことに問題でも？」

「いいえ、とんでもない」あなたこそ、問題を抱えているのに、とチェシーは心の中でつぶやいた。

「僕だってたまには人のためになることもするよ。昨日は君の妹を学校で拾って家まで送ったし」

「まあ、知らなかったわ。何かあったのかしら」

「何か考え込んでいるようだったが、礼儀正しかった。ずいぶんな進歩だよ」

「そうね」チェシーは不安な顔になった。「試験がうまくいっていないのじゃないかしら」

「試験が終わったら以前のぶっきらぼうで失礼な彼女に戻るのかな？」

「そうでないといいのだけど」彼がほほえんだのに励まされてチェシーは言った。「どうかしら」

部屋を出たチェシーは壁にもたれて動悸《どうき》を静めた。彼に触れ、まぶたにキスをして疲れを、悲しみを和らげてあげられる立場になりたい、と切ないくらい思う。それを彼が今も、そしてこの先も知らないのがありがたかった。行かないで、と頼みたい。でもそれは月を取って、と頼むくらい不可能なことだわ。それに、今度ここを出ていくのは私。行くところが見つかればの話だけれど。

そうなったら彼は自由に好きなことをするのだろう、と思うと、また胸がえぐられるようだった。


「冗談じゃあないわ」ジェニーはチェシーをにらみつけた。「ホームレスになれって言うの?」

「違うわよ」チェシーはなんとか妹を納得させる言い訳を考えようとした。「ハーストレーに下宿を見つけたわ。ぜいたくではないけど、二人で住める広さだし、内装は自分たちで変えてもいいって」

「それはありがたいこと」皮肉たっぷりにジェニーは言った。「でもその費用はどこから出るの?　仕事もやめてしまうんでしょ」

チェシーは言いよどんだ。「しばらくホワイトハートでアルバイトをすることにしたの。調理の手伝いとウエイトレス」チェシーは無理に笑った。「なんとかなるわ」

「なんとかなるですって？　気でも違ったの？」

いいえ、気力が限界に来ただけよ、とチェシーは心の中で疲れたようにつぶやいた。

「ジェニー、今はこれしかできないけれど、ずっとそれが続くわけじゃあないわ」

「ここも」ジェニーはフラットを見回した。「鬼がくれた仕事もあったじゃないの。彼と結婚するはずだったのでしょ。それはどうなったの？」

チェシーはためらった。「……やめたわ。だから、ここも出ないといけないの」

「追い出されるわけ？　彼にも少しは人間らしいところがあるかと思いはじめたところなのに、やっぱり最低な男だったということね」

「そんなことはないわ」チェシーは激しい調子で言った。「お互いの合意で決めたことよ。第一あなたはここに住むのをいやがっていたじゃあないの」

「スラムのような部屋よりましよ。しかも安いお金でパブに雇われるなんて。チェス、私、リンダの家に泊めてもらえるように頼むわ。休みの間、リンダはお父さんの工場でバイトすると言っているから、私も働かせてもらう。今すぐ電話するから」

ドアが閉まる大きな音とともにチェシーは台所に取り残された。ここを出ることをジェニーに話せば一悶着《もんちゃく》あるとわかっていたけれど、これ以上隠しておけなかった。出ていく日は迫っているのだから。

その結果がこれ。しかも今夜は気の重いリネットのパーティだ。

窓の外を見ると、チェシーの心とは裏腹に、空は晴れ渡っている。台風でも来て、テントが吹き飛ばされ、パーティが中止になればいいのに。そうしたら最後にマイルズの婚約者として人前に出るといういやな仕事をしないでもすむわ。

唯一の慰めはくじ引きの係を地元の議員の美人のお嬢さんがすることになったというニュースだった。サンディとは顔を合わせずに終わるのね。でも敵を知るためには、会ったほうがよかったかも。

何を着ていくかまだ決めていないが、またこの間のドレスで行くしかない。夜の集まりには軽すぎるし、リネットはすぐに気がついて意地悪を言うに違いないが、そんなことは取るに足らない悩みだった。

今夜はサンディが来ないにしても、マイルズは彼女のことを忘れられずにいるらしい。彼はこの一週間いつになく考えにふけっているが、それが完成に近づいた小説のことだとは思えなかった。何か大きな決意をしようとしているのだわ。私にはそれを話す気はないらしいけれど。

コーヒーさえ今日は苦く感じる。チェシーは飲みかけたコーヒーを捨て、夜に備えて心の準備をした。

書斎に行くと、仕事をしていると思ったマイルズは窓辺に立ってまた考え事をしていた。

「郵便物を持ってきました」

「デスクに置いておいてくれ。あとで見るから」

「あの、今夜のパーティ、忘れていませんよね」

行かれないと言って。仕事が終わらない、と。

「もちろん。ぜひ行くつもりだよ」マイルズの言葉はチェシーの望みを打ち砕いた。「そうだ、プレゼントがある」彼はぎこちなく身をかがめ、デスクの下に隠してあった平たい箱を取り出した。

「私に？　開けてもいいですか？」

「いいよ」

箱の中には、丁寧に薄紙に包まれたクリーム色のシルクの布地が入っていた。取り出したチェシーは息をのんだ。それは肩ひものついたストレート・カットの細身のロングドレスだった。腰まである対の上着もついている。

「君のサイズだ。ジェニーに確かめたんだ」

チェシーはドレスを見つめた。喉が詰まって声が出なかった。だが、彼女はやがてそれを箱に戻した。

「気に入らない？」

「すてきだけど……受け取れません」

「なぜ？　君はまだやめていない。ということは形の上では僕の婚約者だ。二人で人前に出るんだから」彼は肩をすくめる。「出かける元気が出るかと思ったんだ。なんなら、制服だと思えばいい」彼の声が硬くなった。「僕のために着てくれ。命令だ。いやだと言うなら無理にでも僕が着せる」

怒りに黒ずんだマイルズの顔をチェシーは懇願するように見たが、青い瞳に優しい色は宿らない。

「命令だ」

チェシーは箱を腕に抱えた。

「わかりました。もう行ってもいいでしょうか」

「僕が本気で怒る前に、行ってくれ。今日はもう仕事はいいから」彼はデスクの前に座り、チェシーを振り返った。「八時に玄関で待っている。今夜は笑顔でいるんだ。僕と出かけるのを我慢するのも、あと何回かだけなんだから」

「はい」傷ついたチェシーは挑むように顎を上げた。お返しにマイルズを傷つけてやりたかった。「もうすぐ終わりだと思うから我慢できるんです。私、やめる日を指折り数えて待っているわ」

そう言い捨てるとチェシーは身を翻し、ドアを音高く閉めて書斎から走り出た。

10

腹立たしいことにドレスはチェシーにぴったりだった。動きにつれて裾《すそ》が足首に美しくまつわる。

唯一の難点はブラがつけられないことだった。むき出しの胸に柔らかな布地が当たり、下着をつけていないことを意識せずにはいられない。上着があるのがありがたかった。

その日、チェシーはハーストレーの美容院に行き、髪をカットしてついでにハイライトを入れてもらった。向こう見ずにも、新しい化粧品も買った。

今夜はロボットみたいだとは誰にも言わせない。血の通った生き生きした女だということを見せつけてやりたい。もっともそうすることが賢明かどうかはわからないけれど。

チェシーは鏡の前で立ち止まった。薄いクリーム色のドレスは花嫁衣装のようにも見える。花嫁は古いもの、新しいもの、青いもの、借りたものを身につけると幸せになれると言うが、そういえばサンダルは古く、ドレスは新しく、青いものはアクアマリンの指輪だ。借りているもの……それは残されたマイルズと一緒の時間だわ。

だめよ、これからパーティに行くのよ——チェシーは自分に言い聞かせて急に襲ってきたわびしい気持ちを振り払った。当分そんな機会はないだろうから、せめて今夜は楽しく過ごそう。そのためにどんな代価を払うことになっても。チェシーは最後に鏡の自分に向かって笑ってみせ、部屋を出た。

ジェニーの部屋は空だった。衣類やテープ、本などがなくなっているのを見て、チェシーは、やっぱり出ていったのだわ、と唇をかんだ。リンダの家にタクシーで迎えに行こうかと思ったが、思い直して少し様子を見ることにする。

だがリンダの家に電話をして、ジェニーがいるかどうか確かめる必要があった。ザックの顔が頭の中にちらついて消えない。リンダのお母さんに、ジェニーを置いてくれるつもりがあるかどうかも確認しなければ。ジェニーがアルバイトを始めるまでは、食費くらいは払わないと悪いだろうし……。

八時前なのにマイルズはもう玄関にいた。タキシードにブラックタイ姿の彼を見て、チェシーの心臓は高鳴った。

審査でもするように青い瞳でじっと観察されるのを意識して、顔がほてる。締めつけられていない胸の先端に、彼の視線が張りついているような気がしてならない。

マイルズは静かに言った。「とても……きれいだよ」

わずかにかすれた声が彼の心を映しているように思えて、チェシーの鼓動は速くなり、震えるような小さな甘い痛みが体の奥にわいてきた。

永遠に続くかと思われるほど長い間、心を揺さぶられる急《せ》き立てられるような思いに縛られて、二人はその場に立ち尽くしていた。二人の間の空間が電気を帯び、ちりちりと音をたてるように思えた。

魔法にかかった状態を最初に破ったのはマイルズだった。「もう行かないと」怒ったような怖い声だ。

「はい」チェシーの返事は聞き取れないほど小さい。彼は危ないところで、私とのつながりを断ち切らなければいけない理由を思い出してああ言ったんだわ――夜とはいえまだ明るい外に出ながら、チェシーは考えていた。婚約しているふりを続けるのは、サンディの離婚が成立するまでのカモフラージュのために違いないのだ。

種がわかってみれば簡単なことだけれど、それがわかるまでに私はどれほどの無駄な時間を使い、悲しい思いをしたことだろう。

チェシーは助手席でバッグを握り締め、大勢人がいる場に行けばまだ救われる、と自分に言い聞かせた。二人だけでいると、心が切り刻まれるようだ。

巨大なテントの中には明かりがともされ、広い芝生の上を音楽が漂ってくる。テントの前で甘ったるいボンボンのような笑顔で客を迎えているリネットを見て、チェシーは心の中で戦闘準備を整えた。

　今夜のリネットは第二の肌のように体にぴったり張りついた、豊満な胸もあらわなストラップレスの黒のサテンのドレス姿だ。

　チェシーは思わず目を見張り、男性の目で好ましげにリネットを観賞しているマイルズを盗み見ないではいられなかった。

「まあ、マイルズ、お待ちしていましたわ。それにチェシー。いまだに未経験のお嬢さんみたいに見えるわ。かわいいこと。びっくりしたわ」

　マイルズは、どうやり返そうかと必死で考えているチェシーの腕を取って、その場を離れた。

「いやな女だけど」彼は穏やかに言う。「正面から相手になるんじゃあない。ほめられたと思っていればいいんだ。だいたい、彼女は一度だってあんなふうにほめられたことがないだろうし」

「あの服ではね」感情を害したチェシーはぴしゃりと言った。「ブラどころか、服の下に何もつけていないみたい」

「そういう君はどうなんだ?」と言いながらマイルズがチェシーのヒップをさりげなくなで下ろしたので、チェシーはぎょっとして思わず怒りの声をもらした。「たった数センチのレースをつけただけで自分のほうが慎み深いと思うのはおかしいな。状況によっては逆にそのほうが刺激的かもしれないよ」ショックを受けているチェシーの瞳をのぞき込んで彼は笑う。「さて、シャンペンでも飲もうか」

「あなただって、未経験に見えると言われたことはないでしょう」バーに向かいながらチェシーは声をひそめ、怒ったように言った。

「十五歳以降はないな」マイルズは平気な顔だ。「だが君も、未経験者よりは自分が何をしているか心得ている男とベッドに行くほうがいいだろう?」

どんな答えを返しても危険なのがわかっていたので、チェシーはそっけなく言った。

「話題を変えていただけない?」

「今はそうしよう」マイルズは機嫌よく言う。「この先ずっととは約束できないが」

どうしてだろう。私のことなんかどうでもいいはずなのに、なぜそんな思わせぶりなことを言うの? 演技をするのは人前にいる時だけでいいのに。

渇いた喉に冷たいシャンペンが心地よかったので、チェシーは一気に飲み干してしまった。マイルズはチェシーにはお代わりを、自分にはミネラルウォーターを注《つ》いだ。

「シャンペンは嫌い?」

「好きだよ。でも運転しているから」

「歩いて帰ればいいわ」

「いや、頭をはっきりさせておきたいんだ」彼は小さく顔をしかめた。「どうも何かが起こるような妙な予感がする」

「何かって、けんか?」チェシーはあえて明るく言い、あたりを見回して首を振った。

「来ているのは偉い人たちばかりよ。そんなこと、あるかしら」

「僕には直感があって、悪いことが起こる前にはなんとなく虫が知らせるんだ。今もそれを感じる」

「あの……事故の前はどうだった?」

「感じたよ」

「それでも行くのをやめなかったの?」

「もちろん」

「勇敢だとも言えるけど、無謀だわ」

「その両方だとも言える。ほら、誰かが君の関心を引こうとしているよ」

そちらを見たチェシーは体をこわばらせた。「まあ、ミセス・ランキンだわ。何年も私に口もきかなかったのに」

「君に話したくてうずうずしているように見える」

ミセス・ランキンだけではない。突然大勢の人たちがチェシーと未来の夫に挨拶《あいさつ》をしに殺到し、チェシーは自分が注目の的になっていることに気づいた。

みんなは本当はマイルズと話したいのだわ――チェシーはクールに自戒した。彼との婚約が解消されたとわかったら、私はまた忘れ去られるだけ。ホワイトハートでウエイトレスをしているとわかったら、なおさらだわ。

ディスコが始まると、チェシーの所にはダンスを申し込む男たちが集まってきた。彼女はためらいがちに、ダンスをしたくてもできないマイルズを見た。

だが彼はほほえんで、明るくチェシーを促した。「踊っておいで」

踊るのが好きなチェシーはリズムに乗って気持ちよく体を動かした。ふと気がつくとマイルズの青い瞳が、まとわりつくように自分に注がれている。彼を求める思いを抑えきれなくなり、チェシーはキスをせがむ時のように唇を震わせたが、その時にはマイルズの姿は人込みの中に消えていた。

追いかけたくなる思いを彼女は押し殺した。また拒絶されるのは耐えられない。私と踊りたがってくれる男たちといるほうがましだわ、と思って、チェシーは愛想よく笑いながら、ドレスに包まれた体を色っぽくくねらせ、ダンスに興じていた。

赤い顔をしてエネルギッシュに踊りまくる新しいダンスのパートナーに少し困惑ぎみに体を揺らしていると、アラステアがどこからともなく現れた。

「グレッグ、悪いけど代わってもらうよ」

「失礼だわ」グレッグが不満げに去ると、笑いかけるアラステアにチェシーは怒った顔で言った。

「こうでもしないと君に近づけないんだもの。今夜の君はパーティの花形だね」笑って見つめられたチェシーは、妙に居心地の悪い気分になった。「すごいドレスだ」

「ありがとう、マイルズが買ってくれたの」

「へえ」音楽がスローに変わると、彼はチェシーをぴったりと抱き寄せた。「気前がいいんだね。君も彼に……寛大なの？　昔はそうじゃなかったのに」

「あなたには関係ないことだと思うけど」チェシーは遠慮がちにアラステアのしつこい抱擁から逃れようとしたが、放してもらえないので違う手を使うことにした。「お父様はいかが？　今週は来られなくて気になっていたの。マイルズが小説をほとんど書き終えたので、仕事が忙しくて」

「部屋にいると思うよ。例のワンダー・ウーマンに介護されて」アラステアは急に憂鬱《ゆううつ》な顔になった。「日ごとに右腕の機能が回復しているらしいんだ」

「マイルズの話では名前を書く練習をしてるとか」

「そう。よりによって一番間が悪い時にね」

チェシーはびっくりして彼を見た。「お屋敷を売るのを阻止されるから？　そういう意味なの？」

「ほかにも色々あるけど」彼はうなずいた。

「時々、あなたが全然知らない人に見えるわ」チェシーは静かに言った。

「君ならわかってくれると思ったのに。なんの不自由もなかった人間が、急に全部奪われたらどんな気持ちになるか」

「ええ、それはわかるわ。でもこの家は将来あなたが継ぐのよ。待っていればいいだけじゃないの」

「我慢は苦手だし、未練がましい性格なんだ。ハンターといる君を見ていると変になりそうだよ」彼は目を細めてチェシーを見た。「一週間早く帰っていたらと思うよ。そもそもアメリカに行かなければ」

チェシーはどう答えていいかわからなかった。結局は同じことよ、私たちは初めから相手を間違っていた、今夜それがよくわかったわ、と正直に言うべきだろうか。

「これからも友だちでいたいわね」ぎこちなく言ったものの、そう思えるかどうかさえ、疑わしい。

「それだけ？」彼は声を落とした。「チェシー、僕を救ってくれないか」

アラステアの声の調子や態度に、チェシーは嫌悪を感じた。周りの人たちがいぶかしげに見ている。

「もうやめて。放してちょうだい」冷たく言うと、腕の力を抜いたアラステアを振り払ってチェシーは彼から離れた。

マイルズの姿はテントの中にも、芝生の上で話をしている人たちの中にもなかった。

彼女は家に入るとあたりを落ち着かなく見渡した。帰ったはずはないし……そうだわ、サー・ロバートの部屋に行ったんだわ。

だが行ってみると看護婦から、たった今ミセス・カミングスが電話だと呼びに来て、マイルズは出ていったと聞かされた。

いったい誰からの電話だろうかといぶかしく思いながら、彼女は会場に戻った。しかも今夜彼がここにいると知っているなんて、誰かしら。

食堂を通りかかると、食事を並べていたミセス・カミングスから声をかけられた。「ミスター・ハンターからのおことづけで、用ができて呼ばれたけれど、戻るから待っていてほしいとのことですよ」

「呼ばれたって、誰から？」

「さあ、若い女性の方でした。興奮しているご様子でしたけど……あら、デザートはこっちにお願い」

邪魔をしていることに気づいたチェシーは玄関に戻った。パーティに戻る気はなくなっていた。何があったか知らないが、彼を呼び出したのが女性だということが気にかかる。いらいらして待つより家に帰ろうと決めて、女性用のクロークとして使われている二階の寝室に行き、ショールを見つけ出して、廊下を階段へと急いだ。

「気でも違ったのか？」アラステアの声がすぐ近くで聞こえたので、チェシーは自分が話しかけられているのかと思って飛び上がった。「なんの用だい?」

続いて聞こえた女性の笑い声にチェシーは凍りついた。「まあ、ついこの間まではすきがあれば私と二人っきりになりたくてうずうずしていたくせに」

「もう終わったことだ。そうしないといけないんだ。父さんは回復してるんだよ。意思決定ができるようになればどうなると思う? あんたは離婚。僕の相続権は剥奪《はくだつ》だ。来週は弁護士が来るんだから」

立ち聞きはいけないと思いながらも、チェシーは足に根が生えたようにリネットの寝室の前から動けなかった。

「ずっと一緒にいたいと思ってきたじゃないの」リネットの声に恐怖が混じっているのを、チェシーは初めて耳にした。

「現実的になれよ。一緒にいたさ。ここでも、ロンドンでも、スペインでも。あんたさえ気をつければよかったんだ。僕をアメリカに行かせた時も疑われてはいたけど証拠がなかった。なのにあんたのせいで証拠を握られたんだ。手紙は焼けと言ったのに」

「燃やしたわ……燃やしたと思っていたのよ」

「ふん。僕が父に話をしなければいけないようにあんたがわざと仕組んだんじゃないのか。早く話せとしつこかったものな。その結果がこれだ。僕らは二人とも用ずみで放《ほう》り出されかねない」

「そうだとして、私を責める権利があって？」リネットは吐き出すように言った。「もうごまかすのはいやよ。それとも時期が悪いって言うの？」

「やっぱりわざと父にわからせるようなことをしたんだな。そのせいで父は死にかけたんだ。自分がしたことがわかってるのか！」

「誰が予想した？　あんなに頑丈な人だったのよ。あの時の顔は一生忘れない。そのまま倒れて……」

「何度でも思い出せばいい。だが僕らは終わりだ」

「本気なの？」うわずった声がする。

「僕には将来の計画がある。あんたがいなければ父を説得することもできるかもしれない」彼は言葉を切った。「特に父の気に入る子と一緒になればね」

「それでロイドの小娘にいちゃいちゃしていたのね。はなもひっかけてくれなかったようだけど」

「まあ見ていろよ。ハンターにだまされていたとわかったら、喜んで僕の所に戻ってくるさ。それより、僕らがどこに行ったかと、客が捜してるぞ」

今にも二人が出てきて見つかるのではないかと思って、チェシーは一番近くのドアに飛び込んだ。

震えながらベッドの端に腰を下ろし、たった今聞いてしまったことを思い返す。リネットとアラステアが……私が彼とつき合っていたあの夏からずっと。

なめくじが肌をはっているような嫌悪感を覚えて、チェシーは身震いした。サー・ロバートはどんなに苦しんだことだろうか。

一番そばにいてほしい時に、マイルズはどこにいるの？

そう思ってから、チェシーは凍りついた。彼だって同じくらいひどいわ。私を望んでもいないのに求婚した。自分の情事から世間の目をそらすために。アラステアはマイルズが私をだましていると言った。気がついていなかったのは私だけなのだろうか。

チェシーはのろのろと立ち上がった。外の廊下に人影はなく、さっきまで少し開いていたリネットの部屋のドアも閉まっている。チェシーは安全な場所を求める亡命者のように、闇《やみ》の中に駆け出した。

館《やかた》には明かりもついていなかった。マイルズはまだ謎《なぞ》の女性といるのだわ。でもパーティに戻ると伝言があったのだからロンドンには行ってないはず。

それ以上何も考えられないまま、チェシーはもうベッドに入ろうと思ったが、色々な思いが頭の中を駆け巡り、とても眠ることなどできそうもなかった。仕方なく台所に下りてコーヒーをいれる。喉は渇いていないが、何かしなければいられなかった。

コーヒーを持って居間に行き、深夜テレビのホラー映画をつけたが、見る気にもなれない。

知らない間にうとうとしていたらしい。

一時間ほどして、チェシーは自分たちの棟のドアが開く音で目を覚ました。乱れた髪をかき上げて起き上がると、驚いたことにジェニーがマイルズに伴われて入ってくるところだった。

「ジェン」妹の顔は真っ青だ。「どうしたの?」

ジェニーは走り寄ってチェシーに抱きつき、わっと泣き出した。「チェシー、私、逮捕されたの」

「逮捕?」チェシーは唖然《あぜん》として知覚が麻痺《まひ》したようになり、戸口に立っているマイルズに向き直った。「本当なの?」

「いや。警察には連れていかれたが、罪には問われなかった……少なくとも彼女はね」

チェシーはジェニーをなだめて座らせ、その手を握り締めた。「もしかして、あの彼と……」

ジェニーは少し間を置いてしぶしぶうなずき、せきを切ったように話しはじめる。「チェス、信じて。今夜まで彼が何をしているか知らなかったの。リンダと三人でクラブに行ったら、彼が薬を持っていて、勧められたんだけど、私がリンダを止めて、二人ともものまなかったわ。でもそのことで私とザックはけんかになって、彼、私をひどい言葉でののしったの。一度はリンダとクラブを出たけど、ザックともう一度話をしようと思って私だけ戻ったわ。そしたら警察がいて、彼は手錠をかけられてた。薬を女の子に売って、その子が倒れて病院に運ばれたから……誰かが私のことを彼のガールフレンドだと言ったんで、私も警察に連れていかれたの。どうしていいかわからないから、コートに電話してマイルズを呼び出してもらったら、警察に来てくれて……」

「まあ」チェシーはショックで言葉も出ない。「本当に彼が薬をやっているのを知らなかったの?」

「もちろんよ。私、絶対に……」

「病院に運ばれた子はどうなったの?」

「命は取り留めたらしい」マイルズが言った。

また泣き出したジェニーの髪を、チェシーはなでてやり、慰めの言葉をつぶやいた。

「温かいものを飲ませて寝かせたほうがいい」

チェシーはマイルズを見上げた。「でも……」

「その間僕が見ているから、さあ」

ジェニーを彼に任せてチェシーは台所でココアを作った。戻ってみるとジェニーは少し落ち着き、マイルズのハンカチを手に握り締めていた。

ココアを受け取ったジェニーは、涙ぐんだままチェシーにほほえみ、すまなそうにマイルズを見て「ごめんなさい」と謝った。

「いいのよ。恋に目がくらむって言うじゃないの」

「それから私……試験に失敗したかもしれない。どうしよう」

「結果が出てから考えればいいわ」と言ったものの、チェシーはショックだった。ジェニーの将来は決まっていて、心配なのは自分の将来だけだと思っていたのに。

チェシーはジェニーの部屋までついていった。「何かほかにしてほしいことはある？」

「いいえ……おやすみ」

妹があんなに傷ついているのに私は何もしてやれない、と思いながら彼女は居間に戻った。

マイルズは上着とタイを取り、長い脚を伸ばしてソファに座っていた。「どうだった？」

「あまりよくはないけど」チェシーは首を振って暖炉の横のスツールに腰を下ろした。ジェニーのことが心配だけれど、彼といると神経がざわざわして落ち着かない。彼女はその気持ちを抑えつけた。

「ショックだっただろうが、いい薬だよ」

「でも本当に彼が好きだったとしたら……」

「いや、もう後悔しているんじゃあないかな。前からなんとなく不安は感じていたんだと思うよ」

「あの、どうしてあなたに電話したのかしら」

「学校で拾って車に乗せてあげた日に、困ったことが起きて君にも相談できない時は僕に言いなさい、と言ったんだ。なんとなく厄介なことがありそうな気がしたから。義理の兄としては認められなくても、少なくとも鬼というあだ名は返上できたかな」

「ええ」チェシーは返事に困ってそれだけ言った。

「もう一つ。彼女が落ち着くまでは君が家にいるほうがいい。ウエイトレスの仕事をするのはとりあえずやめて、しばらく僕の秘書を続けるんだね」

「いずれはここを出ないといけないのに、それでは決めるべきことを引き延ばすだけじゃあない？」

「そうかもしれないが、君にもゆっくり考える時間ができるじゃないか。ウエイトレスの仕事はアルバイトだろう？　もっと長い目で見て、将来を考えるべきだ」彼はチェシーをじっと見た。「本当にどこかほかの土地に行くつもりかい？」

チェシーはうなずいた。彼がサンディ・ウエルズとここに住んでいるということを忘れられない限り、地球の反対側に行っても無駄かもしれないけれど。

「それならなおのこと、じっくり考えてからにすることだ。僕のことなら気にするな。二週間ほどロンドンに行くことになっているから」

チェシーは下唇をかんだ。「ありがとう」でもそれが私にとってどんなに残酷なことか、わかる?

「ではそういうことにしよう……今夜はパーティに君を置き去りにしてしまって、悪かったね」

「いいえ」チェシーは感情を声に出さないように努め、揺れ動く心を抑えるように目を落としてアクアマリンの指輪をいじった。「勘は当たったわね」

「うん。ジェニーのことだったのは意外だけど」

「それだけじゃないわ」チェシーはつばをのんで続けた。「リネットとアラステアが何年も関係を持っていたことを、今夜知ってしまったの」

「そうか、とうとうわかったのか」

チェシーは彼を見つめた。「知っていたの?」

「ホワイトハートに食事に行った夜のことを覚えている?」

「ええ」あの日のことは細部まで覚えている。

「マーカム夫人を紹介された時、駐車場の車の中で抱き合っていたカップルの女のほうだとすぐにわかった。僕にそれがばれているかどうか、彼女は気にしていたよ。僕は相手の男の顔も見た。それが誰か知った時、僕は……興味を持ったんだ」マイルズは落ち着いた表情でチェシーを見る。「で、どうなった? 彼は月光の下で君にすべてを告白して、そのあとプロポーズしたのかな?」

チェシーは自分の手を見下ろした。「いいえ」

「意外だね」マイルズは皮肉をこめて言う。「彼にとっては、君と一緒になることがお父さんの怒りを解く一番の近道だと思ったのに。なぜ知ったの？」

チェシーはまた唇をかむ。「立ち聞きして……」

「気の毒に。いやなことばかり知ってしまう日になったね。傷ついたかい？」

「傷ついた？」チェシーはびっくりして顔を上げた。「いいえ、彼のことはとっくに過去になってるわ」

そのことに気づかなかっただけ。彼にキスされそうになって、あなたならよかったと思うまでは。

「ただ、あの二人は仲が悪いと思い込んでいたから」チェシーは首を振った。「ばかみたいね」

「ばかなのはあの二人さ」彼は肩をすくめた。「ばか同士、一生仲よくやれるかもしれないよ」

「そうは思わないわ」低い声でチェシーは言う。

「彼はリネットを捨てることにしたのかな？　やっと良心を取り戻したのかもしれないな」

「いいえ、お父さんにばれたから。卒中の原因はそれだったらしいの」

「正直に話すのが最良とは限らないということか」マイルズは黙り込んだ。「君はどう思う？　秘密はあってもいいと思うかい？　それともどんなことでも白日の下にさらすほうがいいと思う？」

「どんな秘密かにもよるわ」サンディのことを打ち明ける気なのだろうか。そんなの、耐えられないわ。

「チェシー、君に話しておきたいことがある」

チェシーはさえぎるように手をかざして笑った。「これ以上知りたくない、いやな話はしないで」

「それならいいさ」淡々とした口調で彼は言う。「では違う話をしよう。君はダンスが上手だね。踊り出すと人が変わったように生き生きする」

チェシーは赤くなった。「そんなに長く見てはいなかったくせに」

「そう。自分でも驚くほど心が乱れて、見ていられなかった。僕にできないことだから。いつの日かしたいと思っている、子供とサッカーをすることや、花嫁を二階のベッドに運ぶことなんかと同じさ。いつもはなんとか抑えているが、時々現実にがつんと頭を殴られることがある」

マイルズが口にしたイメージを頭から締め出そうとしながら、チェシーは口ごもって言った。「でも小説家という、みんながうらやむような仕事があるのだし……」サンディという女性だっているわ。

「それで満足しろと言うのか？」彼は皮肉をこめて言う。「そんなものじゃあない。チェシー、本当に僕の人生のプランを聞きたいとは思わない？」

「あの、もう遅いから……」チェシーはぎこちなく立ち上がった。「お疲れのように見えるし」

「そうかな？」マイルズはかすかに微笑した。「とても眠れる気分ではないんだけど」

「でも、もうやすんだほうがいいわ」チェシーは自分が震えるのを感じた。彼から目を離せない。「今夜はありがとう。ジェニーのことも……それに」

「それに？」

「このドレスも。こんなすてきなドレス、初めて。感謝しているわ」

「君が着たからきれいに見えるのさ」

チェシーの声はかすれた。「お願い、言わないで」

「なぜいけない？」

「だめよ。そんなの、フェアじゃあないわ」

マイルズはゆっくりと立ち上がった。「僕に感謝しているのなら、その証拠を見せてくれてもいいんじゃないかな？」

チェシーはおびえた声で彼の名を口にしたが、彼を止めることはできなかった。

「今夜ずっと、この時を夢に見ていたんだ」マイルズはチェシーを引き寄せた。「チェシー」声が急にかすれ、熱を帯びる。「追い出さないでくれ」

そうするべきだとわかっていても、体を震わせる熱い欲求をこれ以上否定することはできなかった。

彼が私にくれるのがこの一夜だけなら、それを受けよう。彼を独り占めできた数時間の思い出を、この先待ち受ける寂しい生活の慰めにするわ。

だが唇が重ねられると、思考はすべて消えてしまった。

11

チェシーの寝室は暗く、ベッドサイドのランプの光だけがぼんやりと部屋を照らしていた。彼女はマイルズがドアを閉めて近づいてくるのを見ている。あんなに彼を求めていたのに、いざその時が来た今、こっけいなほど恥ずかしいのはどうしてだろう。

「震えているね」マイルズはそんなチェシーをそっと抱き寄せた。チェシーの顔を包み、探るように目をのぞき込む。「僕はそんなに怖いかい？」

「そんなことではなくて……」

「おとぎばなしでは、処女だったお姫様は、鬼ではなく王子と結ばれるって？」笑っているがマイルズの瞳には疑うような色が宿っていた。

「その言葉を口にしないで。マイルズ、私は一度もそんな……絶対に……」あなたはずっと私の王子様だった。それが見えていなかっただけ。

「からかっただけだよ。いけない？」マイルズがからかった。

温かな唇のうっとりするような感触が再びチェシーを虜《とりこ》にし、彼女はマイルズの首に手を回しかける。

彼の手がチェシーの髪から首筋へと下り、ドレスの背中のジッパーを下ろした。

ドレスのストラップが肩から滑り落ちる。体を硬くしたチェシーは、柔らかい絹が体にまつわりながら落ちていき、床で小さな渦を作るのを感じた。

思わずむき出しの胸を覆おうとする手を、マイルズが押さえる。

「ダーリン、お願いだ。今日の君をずっと覚えておきたいんだ」

チェシーはうっとりとまつげを上げて息をのみ、彼を見つめた。ランプの明かりに照らされた彼は、なんだかやつれたように頬がこけて見える。傷跡が鉛色を帯びているが、燃えるような瞳は熱くチェシーに注がれていた。

「衣をまとう時も美しいが、衣を取り去った彼女は美の権化……」彼は詩の一節を低く口ずさんだ。

妙に後ろめたいものを含む口調だった。

チェシーは彼がこの期に及んでためらい、身を引いてしまうのではないかと不安になり、とっさに物憂げに両手で髪を持ち上げ、誘うように彼にほほえんでささやいた。「数センチのレースがまだ残っているわ」彼が息をのむのがわかった。熱い思いがはっきりと顔に表れるのを見て、チェシーは彼の手を取ってベッドに導いた。

二人は向かい合って横たわった。彼はチェシーの唇にキスをすると、目から、喉元、そして耳の後ろのくぼみへと唇を移動させていった。

チェシーはマイルズが服のままなのが気になって、おずおずと彼のシャツに手を伸ばしたが、彼はその手にキスをして「あとで」とささやいた。

「どうして」

「いいんだ」

巧みに唇を割って舌が入り込んでくると、チェシーは思わず彼の首に腕を回し、髪に指をからませずにはいられなくなった。

マイルズの指が肌のあちこちに触れるたびに鼓動が乱れ、大きくなる。青い瞳がどんな変化も見逃すまいとするようにチェシーの顔に注がれていた。

一つ一つのめくるめく反応が重なってどんどんふくらんでいき、深くなっていった。胸に届いた手はやがて下に下りていく。唇が激しくむさぼられ、小さなレースが押しのけられた。彼の手はやがてそこにも伸び、唇が今度は胸の先端をとらえた。息さえできなくなり、これ以上耐えられないと思った瞬間、チェシーは突然激しい快感に貫かれ、声をあげて全身を震わせていた。

静かに横たわったチェシーの頬に流れる涙をマイルズが唇で吸い取った。

「まだ怖い？」

「怖いのは自分自身だけ」あんなに感じて、乱れてしまった自分が怖かった。けれどもそう思う一方で、新たな興奮が身内にあふれてくる。

彼は低く笑ってランプを消した。

闇《やみ》の中で彼が服を脱ぐ音がした。温かな肌が重ねられるのを感じて、彼女は彼を抱き寄せた。

「あなたの背中を痛くしそうで怖い」生まれて初めて、チェシーは自分に経験のないことを呪《のろ》わしく思った。たった一度彼と過ごす晩に、彼を喜ばすことができるかどうかわからないなんて。

「その時は悲鳴をあげるよ」チェシーの肌に顔を押しつけたままマイルズが笑った。

チェシーの体はやがてきらきら光る断片になって暗い宇宙に飛び散った。彼が祈りを唱えるように自分の名を呼ぶのだけが聞こえる……。

嵐《あらし》が去ったあと、チェシーはマイルズの胸に頭をもたせかけてぐったりと横になっていた。ずっとそうしていたい気分だったが、マイルズのほうは違っていることにチェシーは気づいた。彼の体から電流のように緊張が放散しているのが感じられる。マイルズは歯を食いしばってうめき声をこらえ、ゆっくりとぎこちなく動こうとしていた。

チェシーは跳ね起きた。「マイルズ、大丈夫?」

「ああ」だがその声はひどく苦しそうだ。

「背中が痛い？　どうしましょう。気がつかなくて」

「少しだけだ」かすかに笑いを含んだ声で言うと、彼はチェシーの顔をそっとなでた。

「でも痛い思い以上にいい思いを味わったんだから」

「痛み止めを持ってくるわ」チェシーはランプのスイッチを入れた。

彼は身を起こし、体をシーツで覆う。「いや、いい。お願いだから電気を消してくれ」

一瞬わけがわからなかったが、すぐに彼が体の傷跡を気にしているのだとわかった。彼の幸福な夢を打ち砕いてしまった傷跡。

「マイルズ、あなたは私の裸を見たんですもの、私にもあなたを見させて」

マイルズの顔は土気色になり、汗が浮かんでいる。「君にはわかっていないんだ」

「わかるわ」チェシーは彼にキスをした。

その唇を肩へ、そして胸へと下げていく。

「気持ちいい？」彼女は顔を上げて微笑した。

マイルズの声は緊張で張り詰めている。「作家の秘書なんだから、そんな俗な言葉を使ってほしくないな……。チェシー、本当にいいのかい？」

「もちろん」チェシーはシーツをさらに引き下げた。胃のあたりに触れると筋肉が収縮するのがわかった。

引き締まった滑らかな体だった。腰に沿って下ろしていった手が、傷跡の先端に触れた。

「チェシー」

「しー」チェシーは彼の唇を指先で封じ、シーツをめくり上げた。マイルズの太ももに縦横に走る紫色の傷跡が目に飛び込んできた。

チェシーの少しのためらいでも見逃すまいというように、彼が緊張するのがわかった。

彼女はその醜い傷跡をそっとなで、身をかがめて優しくキスしはじめる。

マイルズは何も言わないが、チェシーの唇や舌の動きが大胆になるにつれ、彼がリラックスするのがわかった。

やっと彼が口を開いた。「チェシー、同情してくれているのだろうけれど、そうやっていると、そのうちに違うことになるよ」

「気づいているわ」チェシーの声は笑いに震えていた。「同情ではないわ。こうしたいから、しているの。でもあなたの背中は、今夜はもう十分に罰を受けているわよね」

「たぶんね。だから今度は、僕は横になったまま、君の自由になることにするよ。君がいやでなかったら」

「わかりました。ご満足いただけるようにやってみます、ご主人様」チェシーはそう言いながら唇を下に移動させていった。


翌朝目覚めたチェシーは今まで感じたことがないような充実感を覚えながら、目を閉じ、うっとりと一日のことを思い浮かべた。ゆっくりと顔を横に向け、マイルズも起きているかどうかを確かめる。

だがベッドは空だった。彼の服もない。

ゆっくり寝たくて自分のベッドに戻ったのだろうか。朝までここにいてジェニーに見つかったら、せっかくよくなった関係にひびが入ると思ったのかもしれない。そう思いながらも、チェシーはがっかりしないではいられなかった。

昨夜は疲れ果て、満ち足りてマイルズの腕の中で眠りについた。最後に彼が優しく何かささやいてくれたのを覚えているけれど、あの時彼は、さよなら、と言ったのだろうか。

でも今日は日曜だわ——チェシーは自分の気持ちを引き立てた。母屋に行って、彼が一生忘れられない朝食を作ってあげるくらいはできるだろう。

チェシーは筋肉に軽い痛みを覚えながら体を伸ばし、ガウンを着た。まだ床に落ちたままのドレスをハンガーにかけ、昨夜を思い出して幸せなほほえみを浮かべる。

台所でトーストを焼いていると、すぐにあくびをしながらジェニーが下りてきた。まだ青い顔をしているが、昨夜よりは少し元気になったようだ。

「よく眠れた?」

「うん。いやな夢にうなされたけど。ゆうべのことも夢だったんじゃあないかという気がするわ」

チェシーは妹の肩を叩《たた》いた。「現実よ。いやな目にあったけど、もう過去になったのだといいわね」

「ばかだったわ」ジェニーは唇を震わせた。「彼は本気で私を好きなんだと思ったの。でも私を使って、薬を売りつける相手を探したかっただけなんだわ」

「あなたは手を貸したわけじゃないもの、罪はないわ」チェシーはジェニーにコーヒーを手渡した。

「マイルズもそう言ってくれたけど」彼女はあたりを見回す。「彼、どこにいるの？」

「本館でしょう？」チェシーはさりげなく言ってトーストを皿にのせた。「なぜそんなことをきくの？」

「別に」ジェニーはバターを塗りながら姉を見た。「ゆうべ、いつ帰ったのかわからなかったから」

それは私も同じだわ、と思いながら、チェシーは言った。「とにかく、ここにいないのは確かよ。それより、彼、もう少しここで働かないかと私に言うの。そうすればここに住んでいられるし」

「それだったら一安心だわ」ジェニーは無言でトーストをかじっていたが、意を決したように続けた。「チェス、マイルズと一緒になるのなら、文句は言わない。前にひどいことを言ったのは謝るわ」

チェシーは唇をかむ。「違うのよ。彼が戻るまで、この家を切り盛りしていてほしいのですって」

「それだけ?」失望したようにジェニーは言った。

それだけじゃあないけれど、今はそれ以上何も考えたくないわ、と思いつつチェシーはコーヒーを口に運んだ。

マイルズが姿を消したのは、裏切り行為を働いたという後悔にさいなまれたためか、それとも良心の呵責《かしやく》に耐えられなくなったからかもしれない。

そうだったら彼に会って、私は恨んではいないと言わなくては。

重大な結果が残されてしまう可能性はあるけれど、そこまで考えているゆとりはない。

一時間後、シャワーを浴びて着替えたチェシーは本館に急いだ。マイルズの姿は書斎に見当たらず、一階に下りてきた様子もない。チェシーはそっと二階に上がって寝室のドアをノックし、まだ寝ている彼をどうからかおうかと考えながら、部屋に入った。

だが広いベッドには寝た形跡すらない。チェシーは急いで一階に駆け下り、彼の名を呼んだが、その声は家にこだまするばかりだった。

大丈夫、散歩に行ったのよ。こんなにお天気がいいんだもの。帰ってくるまでに、彼が仕事を残していったかどうか調べてみよう。

書斎のデスクには入力を待つ原稿が置かれていたが、タイプライターがなかった。彼がタイプを家から持ち出すのは初めてのことだ。それは彼が当分戻らないことを示していた。

チェシーはぼんやりと原稿を取り上げ、目を通した。小説は完成している。そしてチェシーが思っていたとおり、今度もハッピーエンドではなかった。

その時、チェシーは原稿の横に置かれた自分宛《あて》の封筒に気がついた。よくないことが書かれているのが、直感的にわかったが、彼女は息を吸い込むと思い切って封筒を破った。

チェシーへ

小説が完成したので、予定より早くロンドンに発《た》つことにした。入力がすんだら打ち出した原稿とフロッピーをエージェントのヴィニーに送ってくれ。予定がはっきりしないので、当面の維持費を君のデスクの上に置いておく。必要なら僕の銀行口座から引き出せるように手続きもすませておいた。昨夜のことはすまなかった。二度とあんなことはないと約束するが、決して悔やんではいない。一生忘れないよ。

マイルズのサインのあるその手紙が、チェシーの手からひらひらと絨毯《じゅうたん》に落ちた。チェシーは床にかがみ込み、頭をテーブルの横にもたせかけた。

こうなる予感はしていたわ――絶望に打ちひしがれてチェシーは思った。でもわかっていたからといってそれが慰めにはならない。

彼女は顔を両手に埋《うず》めて泣き出した。

「誰にも何も言わずに消えたんですよ」ミセス・チャブが言った。「いなくなってせいせいしましたよ」

チェシーは殴られたようなショックを受けて震える声で言う。「そんな言い方をするものでは……」

「あら、意外ですね」彼女は不服そうだ。「まさかマダムのファンだなんて思っていませんでした」

チェシーは口を開けたまま相手を見つめた。「リネットが、マーカム夫人が、本当にいなくなったの？」

「そう言いませんでした？　どうしたんです、ぼうっとして。真っ青ですよ。インフルエンザにでもかかったんじゃあないですか？」

「いいえ」チェシーは無理に笑顔を作った。「彼女がどこに行ったか、誰も知らないの？」

「そのようですね。サー・ロバートにどうお話ししようかとみんな迷ったようですが、なんとなくわかっていらっしゃるようですよ。アラステア様も何もおっしゃらないようですが、よかったと思っていらっしゃるんじゃないでしょうかね」

「そうね」チェシーは気を取り直して言う。「ミスター・ハンターがお留守の間に書斎を大掃除しましょうか。原稿を郵便局から送ったら私も手伝うわ」

家の外に出ると少し気分が晴れてほっとした。ジェニーに彼がいない理由をきかれるのを避けて、昨日は一日コンピュータに向かっていたからだ。

〝マイルズとけんかでもしたの？〟とジェニーは尋ねた。

〝いいえ〟少なくともそれは嘘《うそ》ではなかった。〝仕事とリサーチを兼ねて出かけただけよ〟

〝なぜ一緒に行かなかったの？〟

チェシーは唇をかんだ。〝私はここで仕事があるもの。あなたを一人にしておけないし〟

〝そう……一人でも大丈夫なのに〟ジェニーは他人行儀な微笑を浮かべた。〝私、もう子供じゃあないわ。一人でもやれる……マイルズについていけばよかったのよ。私だったら彼から目を離さないわ〟

あんなことを言われても答えようがないわ、と思い返しながら、チェシーは郵便局に向かった。

重い原稿を送って外に出ると、「ミス・ロイド」と声をかけられた。

振り向くと看護婦のテーラーが笑いかけていた。「いいお天気ですね。うちにこもってくよくよしているより、そうして出かけられるほうがいいですよ」

もしかしたら彼女は読心術も身につけているのかしら、とチェシーは身構えた。

サー・ロバートの様子をきこうとすると、彼女のほうが先に口を切った。

「もちろん、サー・ロバートも心配していらっしゃいますが、いつになるか、もう決まりました？」

「なんのことでしょう？」わけがわからなかった。

「もちろん、ミスター・ハンターの手術のことですよ。今週でしょう？」

見慣れた村の風景がぐらりと揺れて視界から消え、チェシーはそのまま郵便局の前の階段に座り込んでしまった。

頭を低くするようにと言われ、そのまま休んでいたチェシーは、やがてテーラー看護婦に助け起こされて隣のティールームに入った。

いやいやながら、テーラー看護婦の勧める砂糖をたっぷり入れた紅茶を口にしているチェシーに、彼女が言う。「ご存じなかったようですね」

「ええ、危険な手術だということは知っていましたけど。なぜそんなリスクを？」

「成功したら以前のように動けるようになるからですよ。なぜそうなりたいのかは、よくおわかりでしょう？」

ええ、サンディ・ウエルズとの新しい生活のためだわ。それが彼女が出した条件なのね。手術が失敗したら彼を捨てる気なのかしら。前にも一度やったことだから、またそうしても不思議はないわ。

「どうして？　どうして今になって？」

「新しい手術の方法が開発されたんです。私の以前のボスが去年から使いはじめた方法で、ミスター・ハンターに何気なくお話ししたら、わざわざロンドンに出向かれて、フィリップ・ジャックス博士にお会いになったんです。それで手術が決まって……」彼女は疑わしげにチェシーを見た。「まずあなたに話されたと思っていましたのに」

「いいえ」チェシーは静かに言う。「でもロンドンに行って話を聞いてきます。だってそんなことをする必要はないですもの。彼は今のままで十分……愛される権利があります」

私が彼を愛しているように。

チェシーは言葉を切ってから続けた。「手遅れになる前に、彼に会ってそう言います」

ケンジントン・ファウンデーションに行く前に彼のフラットに行き、サンディ・ウエルズに文句を言おうかとも思ったけれど、早くクリニックに行ってマイルズに危険な手術を受けるのを思いとどまらせるのが先だと決めた。それにサンディという女性に少しでも誠意があれば、クリニックにいるかもしれない。だとしたら一石二鳥だわ。

豪華なクリニックの受付嬢は、患者のプライバシーを守るためか、チェシーを冷たく拒否したが、婚約者だけれど、どうしても会いたい、と告げると少し同情的な態度になった。

「今日これから手術の予定ですが、麻酔に入る前に五分ほどでしたら面会できるかと思います」

若い看護婦が呼ばれ、チェシーは彼女の案内でマイルズの個室に案内された。彼は手術着を着てベッドの上で新聞を読んでおり、チェシーを見て驚いたように顔をしかめた。

渋い顔で先に沈黙を破ったのはマイルズだった。「見舞いにぶどうでも持ってきたのか？　残念だが今は何も食べられない」

部屋の中を見渡したチェシーは、彼の大事なタイプライターが隅のテーブルに置かれていることに気づいて、なぜか安心した。だがそれ以外に慰めになるものはなかった。

「一人なの？」彼女はとがめるように言った。「彼女のために、あなたが命をかけようとしているのに？」

「なんの話をしているんだ？」マイルズは怒ったようにきいた。「それに、いったい何をしに来た？」

「村でテーラーさんに会って話を聞いたの。それより、私が言いたいのはサンディのことよ。彼女のためにあなたがこんなリスクを冒しているのに」

「そう？」彼の声には妙な調子がこめられていた。「君のためにしているつもりだったんだが」

「こんな大事なことなのに、ごまかすのはやめて。彼女と会っているのはわかっているわ。そんなに彼女が忘れられないのなら、一緒になるべきよ。私、邪魔はしません。誓ってもいいわ。だからこの手術だけはやめて。危険すぎるわ。なぜ手術を受けなかったか、ステフィーに聞いたの。お医者様に気が変わったと言ってちょうだい。まだ遅くはないわ。本当に愛していたら、彼女だって今のままのあなたを受け入れてくれるはずよ」

また長い間沈黙があった。マイルズが静かに口を開いた。「いくつか誤解があるようだ。まずサンディは確かに僕のフラットにいたが、僕はいなかった。友人の家に泊まっていたんだ。彼女とご主人がうまくいっていなかったのは、彼は専業主婦になってほしいのに、彼女は仕事を捨てられなかったからだ。少し離れて冷静になって考えたいと言うので、彼女に僕のフラットを提供したが、それがよかったのか、今はお互い妥協点を見つけて元のさやにおさまったよ。今朝バハマに第二の新婚旅行に出かけた」彼は続ける。

「たとえ彼女がまだ僕のフラットにいたとしても、多少不自由なだけで問題はないさ。彼女とはずっと前に終わっている。お互いそのことは納得ずみだ。フランチェスカ、僕が愛しているのは彼女じゃない。君だ。妻にしたい女性は君以外にいない。僕は君を満足させられる夫になりたい。だからここに来たんだ。君も僕を愛してくれているのなら、今こそはっきり言ってもらいたい」

「愛しているわ」かすれ声でチェシーは言った。「ずっと好きだったけれど、それを認めたくなくて避けていたのだと思うわ。だからこうして来たの。手術なんか受けないで。私のためならなおさら」

彼はベッドを叩いた。「ここに座ってよく聞くんだ。最初に君に会ったころの僕は自分を哀れな男だと思い、いらいらしていた。そんな時、今まで見たこともないほど悲しそうなおびえた目をした君に会った。抱き締めて、安全にかくまってあげたいと思ったよ。だがそれもできず、逆に君は僕に手を貸してくれようとした。情けなかったよ」

「あの時のことはよく覚えているわ」

彼の口元が少しゆがんだ。「だがそれだけではないよ。僕は、痛みに耐えながら、人並の男ではないと思って生きていくのがいやになったんだ」

チェシーの笑い声が彼の言葉をさえぎった。「嘘だわ。あなたも、それに私も、それを知っている」

「いや、本当だ。言っただろう？　僕は子供とサッカーをしたり、君をベッドに運んで、一晩中愛し合ったりしたい。そのためならリスクなんかいとわない」彼はチェシーの手に唇を寄せた。「それに回復のチャンスは、以前よりずっと高いんだそうだ」

「説得しても無駄なのね」チェシーの頬を涙が伝った。「だったらこれだけは言わせて。マイルズ、何があっても私はあなたと結婚して、生きている限りあなたを愛するわ。どんなことがあっても」

マイルズはチェシーを引き寄せて熱いキスをした。「目が覚めた時にいてくれるね？」

「ええ。明日も、そのあとも、ずっと」

「フラットの鍵《かぎ》はロッカーに入っている」

それを取り出した時、看護婦が入ってきた。「麻酔の時間です。面会の方はご遠慮ください」

チェシーは鍵をポケットに滑り込ませ、心をこめてマイルズの唇にキスをした。「待っているわ」

待合室は空っぽで、いるのはチェシー一人だった。時々スタッフが紅茶やサンドイッチはどうかと親切にききに来てくれたが、その気にはなれなかった。

チェシーは廊下で足音がするたびにはっとして顔を上げていたが、とうとうドアが開いて、白髪混じりの医師がまだ手術着のままで姿を現した。

「フィリップ・ジャックスです。ご心配はいりません。手術は成功しましたよ」

チェシーの青ざめた頬を涙が伝った。「本当？」

博士は手を差し伸べる。「お約束します。若いし体力もある上に、彼にはどうしても回復したい理由がありますからね」

「会えますでしょうか？」

「今は無理ですが、伝言ならお伝えしますよ」

「ええ。私がサッカーボールを買いに行った、と伝えていただけますか？」

医師は眉をひそめた。「それだけ？」

「いいえ」泣き笑いしながら、チェシーは言った。「それは、メッセージのほんの出だしです」

●本書は、2003年5月に小社より刊行された作品を文庫化したものです。

涙の婚約指輪
2022年9月15日発行　第1刷

著　　者／サラ・クレイヴン
訳　　者／高木晶子（たかぎ　あきこ）
発 行 人／鈴木幸辰
発 行 所／株式会社ハーパーコリンズ・ジャパン
東京都千代田区大手町 1-5-1
電話／03-6269-2883（営業）
0570-008091（読者サービス係）

印刷・製本／中央精版印刷株式会社

表紙写真／© Kriscole | Dreamstime.com

ISBN978-4-596-70649-2

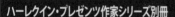